D0888695

DESTIN

Olga Duhamel-Noyer

DESTIN

HÉLIOTROPE

Héliotrope
4067, Boulevard Saint-Laurent
Atelier 400
Montréal, Québec
H2W 1Y7
www.editionsheliotrope.com

Maquette de couverture et photographie : Antoine Fortin
Maquette intérieure et mise en page : Yolande Martel

*Catalogage avant publication de Bibliothèque et Archives nationales
du Québec et Bibliothèque et Archives Canada*

Duhamel-Noyer, Olga, 1970-

    Destin

    ISBN 978-2-923511-17-7

    I. Titre.

PS8607.U376D47 2009   C843'.6   C2009-941431-7
PS9607.U376D47 2009

Les Éditions Héliotrope remercient de leur soutien financier le Conseil des
Arts du Canada et la Société de développement des entreprises culturelles
du Québec (SODEC).
Les Éditions Héliotrope bénéficient du Programme de crédit d'impôt pour
l'édition de livres du Gouvernement du Québec, géré par la SODEC.

L'auteure remercie le Conseil des arts et des lettres du Québec de son appui
financier.

IMPRIMÉ AU CANADA

Pour ma famille

À la nuit tombée, nous avions regagné notre hôtel bâti à l'intérieur de l'enceinte fortifiée de Canterbury. La cathédrale et les longues heures à marcher dans cette très vieille ville d'Angleterre avaient produit sur moi une forte impression. À l'hôtel, un jeu de Space Invaders, curieusement incrusté dans une sorte de table noire assez laide, occupait un emplacement trop grand pour le volume du hall. Durant notre séjour, j'avais beaucoup joué à ce jeu tandis que ma mère buvait un verre. Mais ce dernier soir passé à Canterbury, nous étions rentrées bien plus tard que l'apéro. Ma mère s'était endormie très vite devant le petit poste de télé qui animait un peu notre chambre. La manière ancienne de tailler les pierres grises, l'arc brisé des voûtes et les flèches, le plan perpendiculaire de l'église et les vaisseaux spatiaux qui flottent dans le noir profond de l'espace de manière mathématique occupaient mes pensées.

D'un œil distrait j'avais regardé les images à l'écran. Je ne sais plus si en 83 les télés des hôtels étaient équipées de télécommande. Sans doute. À la maison nous avions depuis peu une minuscule télé noir et blanc avec la rondelle qui faisait tacatacatac pour changer les postes. Et puis un film avait commencé. L'action du film se déroulait en Europe centrale durant la guerre. Je me souviens d'une petite maison de bois et de la campagne brûlée, des arbres calcinés à perte de vue et de la neige. Le film est une traversée de l'enfer. À un moment, les deux héroïnes sont dans la maison, le gramophone fait entendre un air sur lequel elles dansent malgré la catastrophe de la guerre, leurs pas ont quelque chose de saccadé, et leurs lèvres vont se toucher longtemps. Elles portent toutes les deux des vareuses tachées, trop grandes, récupérées avec peine sur des cadavres raides. Ni l'une ni l'autre ne ressemblent aux épouses que l'on voit dans tant de films.

Pour une raison qui m'est inconnue, cette scène a transformé ma vie. J'avais pourtant vu un film déjà où de plantureuses Italiennes se caressaient longuement, mais le film entier m'avait laissée de glace. Alors que le baiser de ces deux femmes, perdues dans des territoires désolés où un hiver terrible menaçait de famine les derniers vivants alentour, avait eu sur moi l'effet d'une révélation.

Les jours suivants, nous avions pris le bateau pour traverser la Manche, puis de nombreux trains qui se jetaient dans des tunnels noirs creusés à l'intérieur du relief, jusqu'à la Costa Blanca. Je me souviens avoir guetté systématiquement les numéros de nos places, pour deviner l'avenir que j'imaginais crypté en eux.

J'avais en tête la bouche de ces deux femmes dans l'hiver terrible et le fracas des bombardements, tandis que l'on descendait vers le Sud, tandis que les couches nuageuses disparaissaient, que l'architecture se métamorphosait au long des heures et que les palmiers peu à peu surgissaient dans le paysage. Tandis que la brique faisait place à la pierre et à toutes sortes de crépis, j'avais en tête le mouvement de ces deux femmes, la chaleur de leurs corps dans la triste chaumière qui les protégeait tant bien que mal du froid. En 83, le train s'arrêtait encore aux frontières et à Port-bou, l'affreux vert des uniformes militaires espagnols et leur méchante coupe étaient frappants. D'autres militaires se déplaçaient dans Alicante. Là, nous nous étions arrêtées une nuit pour dormir. Le lendemain, dans le soleil levant, nous avions traversé une esplanade jusqu'à la gare routière. L'esplanade bordée de palmiers tentait de présenter sous un jour grandiose cette petite ville.

L'autocar nous avait déposées au mauvais endroit. À cet endroit, la terre était très sèche et seuls les chardons poussaient. En contrebas de la route, la mer s'étendait jusqu'au bout de l'horizon. Entre la route et le bord de mer, des ouvriers travaillaient à de nouvelles constructions, la peau foncée par le soleil. On les voyait perchés sur les toits le marteau à la main. Un chemin de campagne serpentait encore longtemps dans ce chantier. D'autres ouvriers recouvraient les chemins de terre à proximité de la plage. Ils creusaient au soleil, mettaient une couche de gravier et coulaient l'asphalte. Dans ce segment excentré de la station balnéaire, nous avions loué durant une semaine une minivilla à l'intérieur d'un jardin clôturé.

Je venais de terminer *L'île aux trente cercueils* et une fois le soleil couché, la sulfureuse prophétie des femmes en croix me tourmentait. La nuit, je ne parvenais plus à quitter l'atmosphère d'épouvante de l'île de Sarek.

Le jour, j'étais encore une enfant : j'apprenais à faire de la planche à voile. Après l'heure de cours, je dévorais une énorme gaufre au chocolat. Ma mère me l'achetait toujours aux mêmes dames installées dans une guérite de la plage. Il y avait les plaisirs balnéaires, la douceur des vacances jusqu'à ce que la nuit revienne, redescende sur Calpe. Des garçons et des filles descendaient des villages alentour en mobylette. À l'arrière, le passager tenait les serviettes de couleur. Toute la journée, les mobylettes fonçaient à toute allure vers la plage. Elles zigzaguaient entre les nouvelles sections de la rue et la terre battue dont elles avaient l'habitude. Dans les cafés, je mangeais de petits sandwichs chauds au jambon et au fromage que les gens là-bas appelaient bikini. J'accompagnais mon bikini de Fanta limón. Les restaurants de ce quartier nouveau n'étaient pas tout à fait au point. Je me souviens un soir avoir mangé une sèche grillée, dont le cuisinier n'avait pas retiré la poche d'encre. En coupant la sèche, l'encre avait inondé tout mon plat et souillé les pommes de terre blanches.

Puis, nous avons loué autre chose dans la même station balnéaire. Des tours d'une dizaine d'étages offraient à la location des appartements avec vue sur la mer et sur le Peñon, ce large caillou de plus de deux cents mètres qui était l'insigne du lieu. On le retrouvait sur tous les t-shirts de Calpe. À partir de là et durant plusieurs semaines, nous avons mangé dans les restaurants de la zone centrale de la station et nous avons marché soir après soir, un peu ivres, sous les étoiles le long de la spectaculaire promenade longeant la plage de sable. J'avais 13 ans, j'aimais avoir des poissons entiers dans mon assiette et l'angoisse n'était plus revenue dans la nuit mystérieuse du bord des plages. Le soir transformait entièrement l'endroit. Le soleil pris le jour montait sur la peau. Ma mère avait 38 ans, l'âge que j'ai aujourd'hui.

À Calpe, la promenade avait été pavée d'un revêtement brillant, glissant avec la pluie, mais il ne pleuvait jamais ici. Des enseignes dont j'ai oublié les noms défilaient face à la mer, elles promettaient les délices de la Méditerranée et des douceurs par dizaines, des coupes glacées surmontées de petites ombrelles roses.

Sur la promenade, des gens passaient avec de gigantesques nounours dans les bras. Ils les avaient gagnés à la carabine plus loin dans la baraque foraine. On riait avec ces jeunes hommes virils et bronzés, démesurément fiers de gagner d'énormes peluches qu'ils s'empressaient d'offrir à leurs petites amies. Ils paradaient avec la peluche sur les épaules en tenant une fille par la taille. Des marchands ambulants proposaient des billets de loto et des cigarettes. Des caricaturistes médiocres attiraient les foules. D'autres dessinateurs proposaient des portraits sérieux. Et la même chose se reproduisait dans toutes les stations balnéaires. Une petite fille vendait des colliers lumineux. Les terrasses des glaciers et des bars et de tous les restaurants étaient noires de monde, et le long de la promenade d'autres gens encore marchaient par groupe, déambulaient sans but, sous de grands lampadaires versant de larges faisceaux.

Là j'ai vu pour la première fois ma mère telle qu'elle devait apparaître aux autres, une femme dans la trentaine, qui, comme toutes les femmes dans la trentaine, s'éloignait définitivement de la jeunesse sans encore tout à fait approcher de la vieillesse. Elle portait une chemise blanche, qu'elle appelait blouse, comme ma grand-mère. Sa peau et ses cheveux étaient un peu plus foncés que les miens. J'avais, enfant, beaucoup regardé ma mère, mais c'était autre chose qui avait plus à voir avec l'adoration des créatures miraculeuses que ce regard nouveau qui était devenu le mien le long de la promenade de Calpe. Au loin, l'écume des vagues traçait et retraçait la limite de la mer. Sur la plage, des planches sans voile restaient enchaînées sur une structure métallique haute de trois ou quatre mètres.

Dans les restaurants, de jeunes serveurs faisaient le service. Des garçons surtout. Ils portaient tous un pantalon noir ajusté, une chemise blanche, et souriaient aux filles bronzées et aux touristes en général.

Je me souviens avoir eu la tête qui tourne après deux verres d'une sangria extraordinaire. Une jeune Française aussi foncée que les gens nés là servait à une terrasse pour les vacances. Elle venait du Midi. Elle allait d'une table à une autre, sortait dans les discothèques après le travail, prenait sa mob et circulait sur les routes noires que les ivrognes de la région sillonnaient la nuit. Le plateau à la main, elle s'arrêtait un instant pour embrasser les uns et les autres, puis continuait le service. Moi, je venais davantage des territoires désolés du film que j'avais vu dans la chambre de Canterbury que de l'irrésistible bord de mer planté de palmiers. Et ce que je portais ressemblait davantage aux haillons des deux femmes du film qu'aux vêtements moulants des garçons et des filles du bord de mer. Avec ma mère, on discutait sans arrêt. Les propriétaires des établissements installaient des guirlandes d'ampoules colorées. Ils accumulaient les décorations exotiques. Des palmiers en néon et des singes bavards faisaient la réclame d'une liqueur jaune ou bleue. Très tôt, j'ai aimé l'alcool.

Le soir de la sangria, je me rappelle avoir titubé légèrement en tentant d'atteindre la porte des toilettes que la serveuse m'avait montrée du doigt. Malgré la soif inextinguible des vacanciers qui exigeaient d'elle et de tous les serveurs un service frénétique, elle m'avait regardée de haut en bas, avec douceur. Dans la station, le rafraîchissement des boissons demandait un effort considérable. L'emplacement des frigos monopolisait beaucoup d'espace et quand le silence venait enfin sur Calpe, on entendait encore leur bruit las. Sur le grand miroir peint au-dessus des lavabos, un perroquet de toutes les couleurs disait préférer un rhum plutôt qu'un autre, je ne sais plus lequel. Des toilettes à la plomberie approximative avaient été logées dans de petits placards humides. J'étais trop jeune pour sortir dans les discothèques, mais la fête résonnait tous les soirs dans la ville. La musique était partout présente, l'extérieur partout habité. Les vieux riaient avec les enfants, une sorte de grande roue des vacances scintillait. Elle hissait au plus haut un couple et puis un autre, et des enfants. Les serveurs taquinaient la fille du Midi. Avec ma mère on avait discuté de l'Espagne franquiste, de l'armée aussi. Et la sangria me tournait tant la tête que j'avais cassé un verre en me levant pour partir. La serveuse s'était empressée de recueillir le verre brisé en s'agenouillant à mes pieds. Elle avait ensuite relevé rapidement la tête et dit: «À bientôt j'espère», tandis que je me tenais au-dessus d'elle, mortifiée par ma maladresse et par ses dernières paroles dont je ne savais si je devais les entendre comme une formule de politesse ou encore comme une invitation à revenir, à l'enfermer avec moi dans les toilettes pour embrasser sa peau merveilleuse.

Le jour suivant, j'avais revu la serveuse de la sangria assise au bar d'une des paillotes de la plage. Elle me donnait 15 ans et je n'avais pas démenti. Elle en avait 17. Elle se faisait appeler Nine. Le désir que j'avais pour elle était comme séquestré dans des sols intérieurs. Je ressentais violemment sa présence invisible, mais il était impossible pour moi de faire émerger mon envie à la surface du monde. Ce jour-là, elle était pressée, mais elle m'avait proposé de faire un tour de mobylette avec elle le lendemain. J'avais promis à ma mère d'être prudente. Tous les jeunes ici roulaient en mob.

Le souvenir de ma promenade avec Nine est une des choses les plus extraordinaires de ma vie. La mobylette traversait la campagne millénaire. Les brebis de la bible, les oliviers, la mer, les poules composaient le paysage. Nous avions suivi un chemin plus sauvage et un autre, jusqu'à une crique très abritée où, dissimulée par les rochers, elle avait enlevé son jeans et glissé ma main dans son maillot en m'embrassant.

Nine s'était ensuite jetée à l'eau. Elle nageait bien. Moi, beaucoup moins. Mais quand même, nous avions nagé jusqu'à une bouée où l'eau était profonde et poissonneuse. Mon pied touchait la corde moussue qui retenait depuis le fond la bouée.

Plus tard, nous avions remis nos jeans sur nos maillots mouillés et enfourché la mobylette pour rentrer sur Calpe. Je me pressais contre elle. La mob peinait dans les montées. À l'entrée de la ville, des dizaines et des dizaines de voitures étaient garées en désordre le long de la route. Elle m'avait déposée à la hauteur de mon cours de planche à voile.

Je crois que ma mère était fière que je fasse la connaissance des gens d'ici. Le soir, j'avais raconté à ma mère chacune des rares paroles prononcées par Nine durant l'après-midi. J'avais gardé pour moi la crique secrète et ses rochers.

Alain était venu nous rejoindre le jour suivant. Ma mère l'avait connu quand on habitait Paris. Même s'ils se connaissaient depuis longtemps, il avait fallu plusieurs années pour qu'Alain dise son homosexualité à ma mère. Il l'avait fait un soir où on mangeait chez lui, je devais avoir huit ans. On mangeait souvent chez Alain avec celui qui partageait sa vie, Tom. Jusque-là, Alain avait dit de lui, « mon colocataire ».

À Calpe, Alain était sombre par moments sans que l'on sache pourquoi. Il ne voulait rien dire. Plus tard, je me suis souvent demandé s'il y avait un lien à faire entre sa tristesse extrême cet été-là et les débuts de l'épidémie. Je me souviens qu'il avait ri aussi quelquefois et que l'on s'était baigné une nuit tous les trois dans l'eau noire après avoir longuement mangé au restaurant. On perdait pied tout doucement, mais Alain restait près du bord quand même. Je me souviens de son corps blanc, pas très beau.

Le jour, il ne venait pas à la plage avec nous. On se retrouvait le soir pour manger. Sinon une sœur, il n'avait pas de famille. Il avait aussi Blanche, une dame âgée dont on disait qu'elle était sa tante, même si ce n'était pas vrai. Elle donnait beaucoup de temps à l'Armée du salut et s'était occupée de lui quand il était très jeune à Grenoble. Elle avait vécu avec une femme durant des années, la sœur d'Alain me l'avait dit, mais le mot n'était jamais prononcé. Sur sa commode, il y avait un portrait de cette femme datant de la guerre. Blanche n'avait jamais eu d'enfant.

Des années plus tard, je me souviens avoir dit à Blanche que je vivais avec une femme (c'était d'ailleurs faux) pour voir sa réaction. Et, alors que j'espérais de sulfureuses confidences, j'avais plutôt dû écouter sa ferme mise en garde quant au partage des appartements avec les femmes. Alain s'était sans doute très peu confié à Blanche, même lorsqu'à la fin des années 80, malade et désespéré, il lui avait rendu une dernière fois visite.

Mais l'été, à Calpe, le sida était loin, une décennie de terreur allait commencer, tout avait commencé déjà, mais la menace restait sourde encore et incompréhensible. Cet été-là, on avait mangé des paellas fantastiques. Rien à voir avec les immondes paellas de Barcelone que les restaurateurs servent aux touristes en se bouchant le nez. On me donnait un verre de blanc et je regardais au loin la terrasse où l'on avait bu la sangria l'autre soir et où Nine continuait de s'agiter. Ma mère m'encourageait à aller la voir.

— Va lui dire bonjour au moins.

Et j'y étais allée en prenant l'air faussement détaché que je reconnais tous les jours à regret sur tant de visages :

— Salut ! Je suis à côté avec ma mère et mon parrain, on mange une super paella.

Elle partait le lendemain pour trois jours chez ses grands-parents, elle voulait savoir si je serais là à son retour. On s'était échangé nos adresses griffonnées sur des bouts de papier, les autres serveurs étaient venus lui dire de se dépêcher, et le mouvement infernal des soirées d'été en bord de mer m'avait ce soir-là donné de la mélancolie, tandis que le rythme soutenu du service l'avait de nouveau avalée.

Avec Alain, on avait marché le long de la promenade après le restaurant. Il m'avait prise par les épaules, maintenant que j'avais grandi, on était à peu près de la même taille. Il disait :

— Elle est grande maintenant ma petite puce !

Et il racontait encore la même chose, pour la millième fois. Et pour la millième fois, j'écoutais avec passion cette histoire de moi toute petite montant l'escalier étroit qui conduisait jusqu'à sa chambre de bonne dans l'immeuble étroit du 2e arrondissement, rue du Ponceau, à Paris où j'ai voulu retourner à 17 ans, juste pour revoir la cage d'escalier, mais une prostituée m'en avait interdit l'accès. Et il n'avait servi à rien de dire à la prostituée que je voulais entrer dans l'immeuble parce que j'habitais là enfant. Elle avait haussé le ton pour alerter les filles du trottoir d'en face et crié :

— Qu'est-ce qu'il veut celui là ?

Et les filles d'en face m'avaient jeté des regards menaçants. J'avais parfois tellement l'air d'un garçon, que même les putains, pourtant spécialistes du mâle, s'y trompaient.

À Calpe, face à la mer, Alain avait mimé mes gestes d'enfant d'à peine trois ans montant le petit escalier de bois qui conduisait jusqu'à sa chambre de bonne où il me donnait un bonbon qu'il sortait d'une boîte en fer blanc, et j'avais écouté avec émerveillement Alain s'attendrir encore une fois sur moi enfant, dix ans plus tôt, alors que nous vivions encore tous au cœur de Paris, dans le même immeuble vétuste menacé par le feu.

Ce soir-là, en revenant à l'appartement que nous avions loué avec vue sur la mer, j'ai aperçu Nine. Elle roulait très vite, une passagère en robe colorée accrochée à elle.

Avant même d'être rentrée à Montréal, j'ai perdu le bout de papier sur lequel elle avait griffonné son adresse. J'étais persuadée qu'elle m'écrirait. Et puis non.

J'ai vu pour la dernière fois Alain dans un meublé qu'il avait loué en attendant la mort. Le kaposi mangeait son visage et son crâne chauve. C'était le début des années 90 et les médecins ne parvenaient pas à soigner les malades atteints du virus, mais les gens se faisaient quand même soigner et espéraient. Alain, lui, ne voyait pas de médecin et tant qu'il a pu, il a dit à tous qu'il n'était pas malade. Il a voyagé beaucoup, avant de rentrer agoniser à 38 ans dans ce meublé, couvert de kaposi, semblable aux hommes portant la moustache et le perfecto sur les photos choc qui montraient, une décennie plus tôt, les premiers malades du sida dans les magazines.

Après la mort d'Alain, une femme que je connaissais s'est mise à dire à tout le monde qu'il avait contaminé des centaines d'hommes. Alain avait aussi au moins une fois passé la nuit avec une femme, je m'en souviens. C'était en 85 ou en 86. Ce soir-là, il nous avait fait beaucoup rire de s'enfermer avec une femme. Je ne me souviens plus vraiment qui c'était, sinon qu'elle était grande. C'est la seule fois où je l'ai vu s'enfermer dans une pièce avec quelqu'un alors qu'une soirée chez Tom et lui battait son plein.

Treize ans après Calpe, je suis partie vivre un temps au bord de la mer. Ici, les restanques — c'est ainsi que dans le Midi on appelle cette manière d'aménager en étage la moindre colline pour pouvoir la cultiver — ont été bétonnées et des gens invisibles cultivent à grande échelle des glaïeuls durant l'hiver. Sur le côté, le long de la mer, les gens viennent faire des rencontres, des hommes en quête d'aventures viennent prendre le soleil sur d'immenses pierres déboulées de la falaise il y a dix mille ans. Ils attendent, se tournent, regardent d'un côté et de l'autre, en feuilletant un livre. La route du Bau Rouge est très étroite et, quand se présentent des voitures tout doucement en sens inverse, il faut reculer pour les laisser passer. Les pins penchés donnent l'impression de pouvoir retenir les voitures qui déraperaient dans la falaise. La terre est très sèche et rouge, elle s'effrite comme la falaise année après année. Le cœur battant, j'ai emprunté quelquefois la nuit cette route qui, avec les phares, donne un théâtre d'ombre.

Un soir, j'ai été invitée à une fête pas très loin de là. La mer sur le côté se devinait à la noirceur de l'étendue. Les phares détaillaient la terre damée par le passage des voitures et des ombres obscènes apparaissaient ici ou là, plusieurs hommes se déplaçaient autour d'une femme nue. Plus loin, je tentais de déchiffrer avec plus de netteté les deux formes dont je percevais surtout le mouvement lent, le forage à venir. J'avais mis un peu de temps à la voir, mais la silhouette colossale placée légèrement en retrait s'en chargerait. Notre voiture continuait d'avancer et plus elle avançait dans l'ombre et plus je désirais connaître cette femme dangereusement seule au milieu d'hommes anonymes. À bord de la voiture, les gens riaient. On avait roulé tout doucement encore jusqu'au Canebas.

J'avais été contente de voir deux chiens aboyer à notre arrivée. Une serre occupait tout le côté droit de la première restanque. Les terres cultivées descendaient encore vers la mer, de restanque en restanque, et plus bas, une dernière courbe de la petite route venait marquer la limite sud de la propriété des parents de connaissances à moi. Sonny était arrivée une demi-heure après nous, elle s'était baignée et avait encore les cheveux mouillés. J'avais été frappée par sa beauté dans la nuit d'été.

Boire des verres ensemble avait dissipé durant un temps sa timidité ou son indifférence, je ne sais pas. On avait même dansé et elle s'était approchée de moi, puis elle avait reparlé aux uns et aux autres. Garçons sans envergure, à l'entrejambe néanmoins prometteuse, filles aux poitrines généreuses, mimant la légèreté en se trémoussant, et qui me décrochaient quand même des regards remplis de méfiance. Il y avait des gens dans plusieurs pièces. La cuisine débordait de verres, de bouteilles vides et de bouteilles pleines. Les hommes feignaient le détachement. Toutes les fenêtres et les portes étaient restées ouvertes sur la nuit chaude. Une porte à l'arrière donnait sur la cuisine d'été et sur des citronniers. Dans le jardin, quelques silhouettes fumaient et buvaient encore. Un couple s'embrassait sous un puissant laurier blanc. On dit que les lauriers sont si toxiques que l'utilisation d'une simple branche pour faire une brochette peut entraîner un empoisonnement sévère, voire mortel. Le couple se déplaçait lentement de manière à ce que le prodigieux laurier les dissimule davantage. Plus près de la maison, des gens léchaient le sel sur leurs mains, coupaient des citrons avec un opinel et mordaient dans le fruit avant de taper sur la table les tequila-schweppes qu'ils avalaient d'un trait. Ils écrasaient avec la main les citrons, faisaient couler le jus dans les petits verres qu'ils remplissaient à nouveau de tequila, puis de schweppes.

À un moment, la musique qui venait de l'intérieur de la maison est devenue plus confuse.

J'avais voulu voir Sonny encore, sa ressemblance avec Nine émergeait peu à peu dans ma tête. Les verres faisaient clac! Dans la cuisine, les bouteilles se vidaient petit à petit. J'ai dansé sur Claude François. J'avais passé l'automne précédent à dire à Jean-Nicolas, avec qui j'étais venue étudier à Toulon, ma fatigue. J'étais fatiguée par la vie, exténuée d'avoir vécu tant d'années tendue vers l'avenir et l'avenir n'était jamais advenu. Les jours me paraissaient mornes, les gens m'ennuyaient. Avant de venir dans le Var, j'avais couché avec des filles durant des nuits fastidieuses. J'avais eu une liaison secrète avec une fille qui me plaisait, mais elle était mariée à une sorte de grand sportif et au bout d'un temps je m'étais tirée. Une fois sur la Côte, j'étais aussi sortie avec deux garçons coincés et sans intérêt, j'avais passé une nuit avec un pompiste insignifiant. Pour le reste, ici, en plus des études, j'avais beaucoup regardé la télé chez moi. Je regardais indifféremment une émission et une autre sur les chaînes que parvenait à capter mon appareil. Puis, après environ deux ans à Toulon, j'étais sortie avec une fille assez agressive. On avait rompu depuis quinze jours. Elle était un peu amoureuse de Sonny, je crois. C'est cette fille, toujours saoule, qui m'avait présenté Sonny en début de soirée. Et, à la faveur de la fête, nous avions fait connaissance. D'où je venais, et elle.

Dehors, l'arrosage automatique avait commencé. Une ou deux voitures repartaient, lentement, vers la route qui passe au-dessus de la propriété. La marche arrière et les phares, la première, ensuite la deuxième, et les petites cellules automobiles disparaissaient sur la route sinueuse bordée de bambous, de lauriers et d'un long muret de parpaings. Dans la maison, des gens dansaient encore, hommes et femmes. Les hommes dansaient comme tous les hommes du Midi, l'hétérosexualité impliquait une maladresse du corps. Malgré l'alcool et la désinhibition qu'il procure, les hommes les plus virils boitillaient au son de la musique, ils n'arrivaient pas à faire mieux. Sonny était venue parler à l'oreille de l'un d'eux et il s'était immobilisé pour mieux entendre. Elle avait placé un bras autour de ses épaules et sa bouche, ses lèvres, contre son oreille.

Il l'avait ensuite suivie vers la cuisine. J'aimais ce genre d'homme exotique, très brun et bien fait. J'avais vu un moment plus tard leurs silhouettes emprunter le petit chemin jusqu'aux voitures et monter à bord d'une 104 rouge. La voiture avait mis du temps à démarrer. Ils discutaient sans doute en fumant des cigarettes. La voiture s'était mise en marche, Sonny conduisait et ils avaient tourné à droite en direction de la mer, sur la route qui devenait difficile un peu plus loin et qui, passé le petit quai du Canebas, traversait l'étrange forêt peuplée d'ombres.

Après leur départ, pour moi, la fête s'est vidée de son intérêt. Je suis sortie voir les champs, voir ce qui poussait durant la nuit. Les lumières de la maison et le bruit s'éloignaient rapidement à mesure que j'avançais le long des sillons. L'arrosage automatique allié à la rosée du soir avaient mouillé les feuillages, mais la terre restait sèche. J'étais revenue sur mes pas, attirée par la très grande serre.

De la serre, l'extérieur devenait flou. Je m'étais assise sur une chaise. Des contenants auxquels je ne comprenais rien jonchaient le sol, quelques tubes aussi et une petite pompe. Je me suis endormie sur la chaise en examinant ces objets, une cigarette pas encore allumée à la main.

Au crépuscule, des coqs m'ont réveillée. Du côté de la maison, la musique avait cessé, aucun bruit ne venait plus de là, même en me rapprochant. Sur la table du jardin, de nombreux verres avaient été abandonnés, pleins et vides mélangés. Une bouteille de tequila dans laquelle il ne restait pas grand-chose tenait encore debout. Les autres avaient été dispersées par terre, au pied des citronniers. J'avais soif. Dans le petit frigo de la cuisine d'été, il restait une bière et une grande bouteille de Coca-Cola, j'ai pris les deux et suis partie à pied sur la route en direction de la mer. Au quai, rien ne bougeait. Il était encore tôt. J'ai vu d'abord la 104, puis, à l'ombre d'une embarcation, j'ai vu Sonny qui dormait dans les bras du garçon de la veille, profondément endormi lui aussi. Ils avaient placé une grande serviette de plage sous eux. Je les ai contemplés un moment avant de repartir, il devait y avoir cinq ou six kilomètres jusqu'au village.

Le Bau Rouge était désert, la mer, immobile sous le soleil naissant. Quand je suis arrivée au village, l'ensemble grouillait d'activité. Le café Populaire était rempli de clients et sur la terrasse, quelques touristes buvaient des consommations inhabituelles. Des gens entraient et sortaient du tabac à un rythme soutenu. La chaleur avançait sur le littoral. Les gens achetaient des bouteilles d'eau à l'épicerie, d'autres achetaient le journal juste à côté. Les plus organisés se faisaient découper une pièce de viande chez le boucher. J'ai jeté un coup d'œil à l'horaire erratique des autobus de la région. Celui qui conduisait à Grand Var viendrait dans une heure trente. J'ai somnolé jusque-là en écoutant la rengaine indignée des clients du café Populaire.

La veille, Sonny avait parlé de son travail à Grand Var, elle avait ri en racontant le magasin de journaux où elle devrait être le lendemain avant onze heures. Mais le lendemain, elle n'était jamais venue travailler et j'avais attendu vainement de longues heures dans la galerie marchande apocalyptique qu'elle revienne du Canebas. Des milliers de voitures avaient tourné ici durant tout le jour, on venait voir ici, acheter ici mille marchandises. Grand Var était l'expression exacte du caractère incomplet et provisoire du moment présent. La friture des snack-bars et la ventilation défaillante donnaient, il me semble, cette pellicule écœurante qui recouvrait les tables et les chaises de ces établissements.

Durant les mois les plus chauds, tous les snack-bars ici paraissaient particulièrement sales, l'espace était trop exigu pour la foule qui s'y pressait. Les sanitaires n'étaient jamais nettoyés et des excréments bouchaient la plupart des toilettes de la section Dame.

Quand je suis rentrée chez moi, un message clignotait sur mon répondeur : le garagiste me disait que ma voiture serait prête à la fin de la semaine. Cinq jours plus tôt, j'avais eu un accident sur la route de la Moutonne, une petite route triste la nuit qui relie Le Pradet à la ville d'Hyères. À une intersection, un camion avait embouti une voiture. La voiture avait fait trois tonneaux et glissé à l'envers sur quelques mètres, jusqu'à heurter la mienne. Le pare-brise de la Méhari n'avait offert aucune résistance et la conductrice était morte sur le coup. Les phares fonctionnaient toujours. Moi, je n'avais rien. Le routier était descendu de son camion pour voir l'étendue des dégâts. Aucun son ne venait de la Méhari. Il montrait la voiture renversée en répétant :

— Elle a grillé sa prio !

Puis, il était remonté dans son camion, l'avait garé sur le côté et avait gesticulé au téléphone jusqu'à ce que les secours arrivent.

Je suis restée un moment devant l'énigmatique enchevêtrement des plaques minéralogiques, du 38 dans le 83. Jusqu'à ce que des voitures s'arrêtent pour nous porter secours. Quelques minutes plus tard, des pompiers retournaient la Méhari orangée. La chaussée avait déchiqueté le visage de la femme. On entendrait dire aux informations locales : « Une conductrice de l'Isère a perdu la vie la nuit dernière à La Moutonne, dans la commune de La Crau. »

J'étais venue dans la région terminer mes études. Et maintenant que c'était fait, j'attendais la suite de mon destin. À la télé, une femme avait dit: «L'espoir est ce qui meurt en dernier», et la pause publicitaire était venue. Des hommes filmés dans un paysage bucolique vantaient un camembert et des produits de nettoyage promettaient à de jolies jeunes femmes de vaincre les taches. On voyait ensuite un chanteur couvert de sueur durant quelques secondes. Une voix décidée encourageait le téléspectateur à acheter son disque. Une série d'autres publicités proposaient des choses que j'ai oubliées. Devant la télé, j'ai bu sans mesure pendant plusieurs jours. J'avais la santé. Je rêvassais à ce que j'allais faire à présent. Je devais prendre des décisions, organiser l'avenir, mon séjour ici se terminait à la fin du mois. Mais c'était le passé qui revenait dans ma tête. La longue promenade de Calpe, Nine et les deux femmes dans la campagne désolée.

Durant quelques jours, j'avais regardé la télé mais aussi mis un certain ordre dans ma tête. J'avais beaucoup pensé à l'été 83. J'avais regardé les photos et un passeport de l'époque. Dans une grande enveloppe et pour une raison fantaisiste, ma mère m'avait fait parvenir ça l'été précédent. Le passeport me confirmait les dates et les destinations. Un lien abstrait unissait l'été 83 à ma venue dans le Var, dans le 83, et ce genre de lien structurait mes souvenirs, mais surtout, il permettait de penser qu'un ordre était respecté, un ordre secret et dépourvu de sens peut-être, mais un ordre quand même. Une ordonnance immuable.

J'allais rentrer à Montréal. Je faisais négligée. Sonny me paraissait être ma dernière chance d'éviter le retour, ma dernière chance d'inscrire ma vie dans un quelconque destin. J'espérais la croiser de nouveau quelque part, j'étais retournée à Grand Var sans succès, j'avais remonté à pied le cours Lafayette le dimanche, le lundi et le mardi, arpenté les plages du Mourillon plusieurs fois. J'avais tourné dans le port, place de la République et à Mayol, dans le centre commercial. Je regardais attentivement toutes les jeunes femmes brunes. Elles se déplaçaient en groupe d'un endroit à l'autre, mais Sonny n'était jamais avec elles. Quand j'ai eu récupéré ma voiture, j'ai commencé à effectuer de grandes boucles jusqu'au Lavandou, jusqu'à Hyères. J'en profitais pour faire mes adieux aux uns et aux autres. Les touristes étaient nombreux et les restaurants de la Côte, bondés. J'aimais cette frénésie balnéaire. Les enfants avaient devant eux des glaces considérables. J'aimais tout ce clinquant des îles flottantes surmontées de feux de Bengale et les cocktails exotiques que les gens s'offrent parce que c'est l'été, parce que d'un verre à un autre, une rencontre se fera peut-être. Hors des terrasses, les gens regardaient les bateaux. Des marchands ambulants vendaient les bijoux des plages, dans les restaurants les serveurs portaient de lourdes assiettes aux touristes. Sur les tables, les bouteilles de rosé étaient placées dans des seaux à glace ou dans des pots de terre cuite. La couleur des rosés de la région était la plus belle couleur du monde. Je mangeais, buvais des verres avec les uns et les autres. Christine, qui était devenue une véritable amie, pleurait parce que je partais. J'étais triste aussi et je continuais de regarder à la ronde dans l'espoir de revoir Sonny au milieu de la foule d'été.

J'ai revu Sonny cinq jours avant mon départ, sur la route de La Capte, à l'intérieur d'un bar que l'on tentait de faire passer pour un pub anglais. Dans ces terres marécageuses, l'établissement avait un aspect particulièrement triste, mais la salle était pleine. Attablée près du bar, Sonny discutait avec des filles que j'avais entraperçues au Canebas. Elle était là pour fêter son anniversaire et c'était l'occasion pour moi de lui offrir des verres et de m'incruster avec une sorte de bonne humeur de surface, de bonne humeur jouée pour servir mon désir de rapprochement. J'avais proposé à toute la bande d'aller danser et je les avais emmenées au Mississipi, la seule boîte du port de Toulon où les femmes pouvaient s'embrasser sans danger. Mimi, une des filles, se vengeait de mon insistance auprès de Sonny en se laissant peloter les seins par un des rares hommes de l'endroit. Elle avançait sa poitrine sur les mains de l'homme en nous surveillant du coin de l'œil. Et je ne quittais plus le regard de Sonny qui ne quittait plus non plus le mien.

Je lui ai dit qu'elle avait de très beaux yeux et que l'on avait dû lui dire souvent. Elle a ri en entendant ces mots, un peu tartes peut-être, et je me souviens qu'elle m'a embrassée tout en avançant son sexe sur ma cuisse. Elle portait une chemise noire largement ouverte et un pantalon étroit, noir aussi. Et puis elle a disparu comme j'ai disparu un midi dans Paris, des années plus tôt, alors qu'un garçon avec qui j'avais passé la nuit m'attendait dans un taxi le temps que j'aille chercher mes choses à la chambre d'hôtel de laquelle j'avais découché pour passer la nuit avec lui. Il avait quelque chose de Kafka, la sensibilité du regard en moins et les muscles en plus. De son appartement, on voyait la tour Eiffel. Son lit était posé sur une mezzanine. Le lendemain, il avait insisté pour m'accompagner en taxi jusque devant l'hôtel, pour m'aider à prendre mes affaires. Il organisait les jours à venir et prise de panique devant l'étrangeté de ces propositions, j'avais ramassé mon sac, payé mon dû et demandé sous l'œil compréhensif de l'employé de l'hôtel une sortie de secours, ce que possédait l'hôtel heureusement. Je m'étais enfuie dans Paris jusqu'à une résidence universitaire où j'avais pu me louer un lit, temporairement à l'abri des mille sollicitations dont j'étais l'objet à cette époque de ma vie avec mon visage d'enfant perdue dans la grande ville. Avant 20 ans, j'ai dû si souvent prendre mes jambes à mon cou, mais dans la discothèque de Toulon, au Mississipi, les rôles étaient inversés, j'avais 26 ans, deux fois l'âge que j'avais à Calpe, Sonny fêtait ses 20 ans et je l'embrassais sur la bouche, je lui faisais boire des verres et elle avançait sur ma cuisse. Et puis elle s'était défaite de mon étreinte en souriant, avait disparu un moment, puis longtemps. Je l'avais cherchée sur la piste de danse, dans les toilettes, je pensais qu'elle était peut-être malade. Cinq jours plus tard, je repartais pour Montréal.

Je n'ai plus aucun souvenir du retour, j'étais sans doute contente de retrouver l'énergie particulière de Montréal et accablée par son aspect général. Quelques années ont passé sans que je n'aie jamais de nouvelles de Sonny. J'ai rêvé beaucoup durant ces années du Mourillon, des rues blanches traversées par les rayons obliques du soleil levant. La lumière était chaque fois éblouissante, orangée, jamais blafarde comme ici. Une lumière chaude et nette pour caresser les larges palmiers-dattiers, dont les jeunes fruits non comestibles avaient pris la couleur. J'ai repensé souvent à l'accident que j'avais eu à La Moutonne et ces souvenirs venaient croiser des images de Magic World, le parc d'attraction qui s'élève du côté droit quand on roule vers le port d'Hyères sur la route qui traverse les anciens marais salants où des garde-fous de bois empêchent les voitures de tomber à l'eau. Sur ces garde-fous de nombreuses couronnes de fleurs artificielles et des photographies plastifiées commémorent les morts de 20 ans de cette route dangereuse.

À Montréal, j'étais retournée avec des enfants dans un des deux grands parcs d'attraction de mon enfance, La Ronde, et j'avais été saisie par la vétusté de l'ensemble, par la rouille qui grugeait peu à peu ses grands manèges. J'avais été frappée par la médiocrité des kiosques de nourriture : tout semblait impropre à la consommation. Des mouches venaient du fleuve, un grillage protégeait l'accès à ses eaux dangereuses.

À la manière des voiturettes circulant en boucle sur les voies métalliques du manège qui traversaient un paysage montagneux minuscule construit en tiges de fer et en panneaux de contreplaqué peint, les mêmes pensées avaient tourné durant des mois dans ma tête.

L'autre parc d'attraction de mon enfance, le parc Belmont, avait fermé ses portes en 83, en partie parce que le parc ne s'était jamais remis de l'accident grave survenu quelques années plus tôt et qui jetait une lumière lugubre sur ses gros manèges. À Magic World, Sonny avait fait la connaissance d'une fille, elle avait raconté ça au Canebas, peut-être à la blague : à l'abri des regards dans les toilettes de Magic World, elle avait embrassé une fille pour la première fois.

J'avais rencontré brièvement Sonny treize ans après l'été passé à Calpe. Puis ma vie avait recommencé à Montréal et durant trois ans, je n'avais plus entendu parler d'elle. Jusqu'à ce que le prétexte d'un stage pour passer une année à Toulouse se présente à moi. J'espérais que Toulouse ferait redémarrer ma vie comme Toulon l'avait fait malgré tout, mais rien n'était facile là-bas. La Garonne était un filet d'eau et, à part Christine que j'avais connue quand j'étais étudiante à Toulon et qui vivait maintenant dans la Ville rose. Je ne rencontrais que des gens très sérieux ici. J'avais un peu connu la campagne alentour, mais c'était des rencontres végétales, minérales surtout. Une nuit, j'avais revécu en rêve l'accident de La Moutonne, cette fois la voiture qui heurtait la mienne était immatriculée 13 et la mienne 31.

Sinon une quinzaine de jours passés à Toulon et Marseille et, plus tard, une dizaine d'heures en Ariège, rien n'avait vraiment eu lieu à Toulouse durant une année.

Avec Christine qui habitait à présent Toulouse, nous avions traversé toute la Côte en train jusqu'à Toulon, où Sonny vivait maintenant avec Mimi. Christine m'avait invitée à aller rendre visite à une de ses amies qui venait de se marier. J'aimais bien son amie, la jeune mariée, qui me faisait des yeux doux, sans s'en rendre tout à fait compte je crois. Une forme de gentillesse des filles qui contrastait avec la méchanceté de Mimi envers moi.

Sonny et Mimi habitaient le Mourillon. Elles se faisaient amies avec les patrons des établissements, parfois Mimi se cachait de Sonny pour flirter avec eux dans la cuisine je crois. Mais le plus souvent, elle restait auprès de Sonny, surveillait les filles qui bourdonnaient autour d'elle et ne voyait pas les garçons qui la frôlaient intentionnellement, qui frôlaient ses hanches, ses épaules, dans la foule dense de la place Puget où le Chantilly imitait les cafés parisiens depuis toujours. On se saluait froidement, mais Christine apaisait la tension. Durant ces deux semaines, on s'est croisées et recroisées encore, Christine était légère, on se croisait à l'apéro sur les places, chez les gens, au resto, et des connaissances communes faisaient le lien. Christine me protégeait de l'agressivité de Mimi, elle prenait tout à la blague et je regardais Sonny à la dérobée, et bien sûr Sonny s'en rendait parfaitement compte, mais mes assiduités restaient silencieuses. Elle faisait mine de ne rien voir. J'arpentais Toulon le cœur battant. Les quinze jours s'étaient vite écoulés.

Nous avions prolongé en faisant escale à Marseille, une amie de Sonny avait invité Christine à une soirée, d'abord dans un resto, la Poissonnerie, qui faisait magasin le jour et resto le soir. On traversait la belle poissonnerie, propre, éclairée, puis l'arrière-boutique, qui conduisait au restaurant dont la plus grande partie se trouvait dans un jardin couvert. Nous avions rejoint les autres à une grande table composée pour nous. Les gens avaient commandé du vin en attendant les retardataires. Tout le monde n'était pas arrivé. Je ne connaissais pas bien les gens attablés, à part mon ange gardien, Christine, mais ça m'était égal. Je parlais aux uns et aux autres, je buvais des anis et j'attendais Sonny, qui était arrivée la dernière, avec Mimi, qui avait excusé leur arrivée tardive d'une allusion sexuelle. Les gens riaient à table et je me concentrais sur le visage de Sonny, puis sur la carte, sur les coquillages, sur les moules dans lesquelles les sexes femelles vivaient des existences muettes, détachées de tout, sinon des rochers moussus immergés dans l'eau. Christine m'avait demandé si ça allait et je l'avais faite répéter parce que la table était bruyante. Une discussion s'engageait sur mai 68, sur la gauche, la droite et le dernier président. On se tournait parfois vers moi en voulant me faire parler de l'endroit d'où je venais qu'ils appelaient «Canada», et moi je disais une chose ou une autre avec indifférence, parce que mon pays m'était en vérité indifférent. Je répétais des choses convenues, qui me paraissent néanmoins justes encore aujourd'hui: «Là-bas quand même, on a le sentiment que tout est possible.» Ensuite, venait le moment où l'on charriait l'aspiration à l'indépendance de beaucoup de Québécois et où l'on me parlait de l'Europe, du mouvement des peuples aujourd'hui, de la mondialisation, on me disait toujours les mêmes choses, qui reflétaient toujours la même ignorance, et je repensais à la surface de l'eau, aux coquillages accrochés à de larges pierres colonisées par la végétation aquatique et je souriais. J'avais décidé d'entreprendre la jeune femme assise à ma droite, elle me plaisait plus que les autres inconnues de cette table qui continuaient de parler fort en mangeant les poissons de l'endroit et les coquillages. Les apéritifs m'avaient détendue. Mimi alternait entre des airs très professionnels et des minauderies, Sonny suivait la conversation, puis redevenait silencieuse. Quelque chose de lointain paraissait l'absorber l'espace d'un temps, jusqu'à ce que le mouvement de la soirée de nouveau l'anime. Au dessert, Mimi était déjà saoule et elle avait commencé à onduler, en partie à la blague, contre le garçon assis à la table avec qui elle était sortie des années plus tôt. Le garçon était content de susciter subitement de l'attention, mais j'avais remarqué qu'il regardait davantage

Sonny depuis le début de la soirée et je le soupçonnais d'être attiré par elle, d'être aimanté par elle, comme je l'étais, et Christine se moquait de moi, moquait mon air misérable quand je m'oubliais et que durant un instant je restais interdite face aux attentions de Sonny pour Mimi. Les coups de pied de Christine sous la table me faisaient repartir de nouveau la conversation avec la jeune femme assise à ma droite.

Les gens avaient parlé du lieu de la soirée, une vieille discothèque de la route des plages. On avait distribué les places restantes à l'arrière des voitures. Pour accéder à ces places minuscules, il fallait rabattre les sièges avant et se faufiler entre les ceintures de sécurité et le toit très bas des voitures et surtout se concentrer pour ne pas perdre son sang-froid une fois les sièges avant remis en position normale, c'est-à-dire enfoncés dans nos genoux, au moment précis où l'on se rendait compte qu'aucun dispositif ne permettait l'ouverture des vitres arrière. Mais j'aimais parcourir la nuit ces boulevards et ces routes inconnus.

On avait retrouvé les autres à l'intérieur. Mimi dansait avec le garçon du restaurant, la piste de danse était encore à moitié vide. On pouvait lire : *Où sont les femmes ?* sur les *flyers* qui annonçaient la soirée. Un genre de rendez-vous lesbien presque chic pour le 8 mars. Et j'étais excitée à l'idée de toutes ces filles. Sonny regardait d'un œil inquiet la piste de danse.

Christine dansait avec la jeune femme du restaurant. Je pensais à mon rêve de la nuit dernière : je suis dans un appartement situé à l'intérieur d'une tour très étroite et très haute aussi. Nous sommes nombreux à nous affairer dans cet appartement clair, neuf, moderne. Et un chien de grande taille, très beau, que les gens appellent Sud, tourne à l'extérieur sur une minuscule corniche, puis dans le vide, calmement, debout, le museau contre une des fenêtres, mais la lourde machinerie du manège qui l'a mené là a disparu et il est sur le point de chuter mortellement dans le vide.

À l'intérieur de la boîte de nuit, la DJ qui envoyait des sourires à la ronde mixait sur toutes sortes de rythmes *Où sont les femmes ?* La voix angoissée de Juvet traversait l'espace sur un rythme lancinant : « Elles portent un blouson noir, elles fument le cigare, font parfois un enfant / par hasard / et dès que vient le soir / elles courent dans le néant vers les plaisirs provisoires… »

Un garçon parlait à l'oreille de Sonny, mes mains sentaient le poisson. La boîte se remplissait, chacun suivait son chemin, les vêtements brillaient et les yeux, et les lèvres aussi brillaient comme les magnifiques écailles de poissons des arrivages quotidiens brillaient dans la glace bleutée des bacs. Sonny faisait non de la tête en souriant au garçon dont je pouvais enfin voir le visage. Il portait maintenant une barbe courte, mais je reconnaissais le garçon très brun du quai. Sonny lui disait «non» en souriant, très gentiment, elle le regardait dans les yeux, il voulait s'avancer à nouveau vers elle, lui reparler à l'oreille et elle l'avait doucement repoussé en tenant ses poignets.

La DJ a mis une chanson qui a suscité un mouvement vers la piste de danse, la foule a bougé et je ne voyais plus grand-chose de l'autre côté du grand bar. À un moment Christine est venue me dire que la jeune femme du restaurant lui plaisait. Tout ça m'était égal, mais je me souviens avoir tenu à embrasser cette jeune femme docile, ce qui avait vexé Christine quand même. Ça me paraissait sans importance et je l'avais embrassée longuement, tandis que le garçon très brun passait devant nous en se dirigeant vers la sortie. L'endroit était bondé, la musique au plus fort. Et j'étais maintenant à nouveau seule dans la foule de regards qui zigzaguaient, comme zigzaguaient les éclairages qui suivaient les pulsations de la musique et qui envoyaient des faisceaux en saccades. Les mouches faisaient pareil ailleurs, elles se posaient une fraction de seconde, puis repartaient en bourdonnant fort vers un autre endroit, se reposaient ailleurs, subitement silencieuses, puis repartaient et ne cessaient plus de bourdonner. J'étais un peu perdue. Le temps passe à toute allure dans les boîtes de nuit. Au loin, sur la piste de danse surélevée je distinguais Sonny qui dansait avec Mimi, les filles du resto étaient là aussi.

À un moment Sonny était descendue de la piste en se frayant un passage dans la foule vers moi.

— Tu t'amuses ?

Elle cherchait le garçon très brun et m'avait demandé si j'avais vu Marc. Et elle m'avait offert un verre. Elle s'est mise à me raconter quelque chose à l'oreille. De temps à autre, elle regardait la piste de danse, où Mimi exultait sur une version techno de *Femmes, je vous aime* et tournoyait autour du garçon qui, dans le restaurant, m'avait paru regarder beaucoup Sonny. Elle parlait fort pour que je puisse entendre malgré la musique, elle me parlait d'un pensionnat lugubre de Marseille, une boîte à bac, où elle avait passé sa dernière année de lycée. Là, elle était devenue très amie avec une des filles, elles rigolaient beaucoup, faisaient mille choses ensemble. La fille venait d'une famille de restaurateur au-dessus de Grenoble, dans l'Isère, et elle était fiancée à Marc, l'aide-cuisinier du restaurant de ses parents, un garçon sérieux. Sonny avait fait sa connaissance lorsqu'elles étaient montées toutes les deux voir la famille de son amie un week-end. Et puis un jour, le père était brusquement venu chercher sa fille au pensionnat. Sonny en le croisant dans l'escalier l'avait pressé de questions et il lui avait répondu d'une voix dure :

— Toi, reste en dehors de tout ça, tu en as assez fait.

La musique était un peu moins forte, il me semble. Sonny continuait :

— J'ai su après qu'elle avait tenté de mettre fin à ses jour et qu'elle avait expliqué son geste à la mère supérieure par la brûlante passion qu'elle disait éprouver pour moi. J'ai essayé de lui téléphoner mais elle n'a jamais plus répondu, et on n'a jamais voulu me la passer. Et puis Marc est venu me rendre visite au pensionnat, il voulait parler avec moi de tout ça. Il avait démissionné du restaurant et durant des mois il ne l'a plus revue. Quand même, ils ont fini par se marier l'année dernière.

Sonny avait terminé son histoire en me disant que cette fille portait le même prénom que moi et elle avait prononcé mon nom, Olga.

— Je voulais te raconter ça, c'est quand même rare aujourd'hui ce prénom.

Et puis Mimi et les autres étaient revenus autour de Sonny. Je ne voyais pas Christine, elle avait dû partir avec la jeune femme du restaurant.

J'étais sortie seule de la discothèque. Des gens ivres discutaient autour des voitures dans le fond du parking. Dehors, il faisait jour. Le gravier était sonore sous les pas. J'avais demandé à des filles de me rapprocher du centre de la ville. Puis j'avais tourné à pied dans les rues, traversé des marchés crasseux, sur la chaussée maculée de fruits et de légumes piétinés par la foule de gens qui remplissaient leur panier. Les cafés étaient animés, les boulangeries aussi. Par hasard, je m'étais retrouvée devant un pensionnat de filles rue de la République, celui de Sonny je crois. J'avais regardé un peu trop les quelques jeunes filles qui se trouvaient près de l'entrée dans la cour intérieure protégée par une haute grille, et j'avais continué mon chemin en direction de la gare. Des amis de Christine nous hébergeaient. J'avais eu du mal à retrouver leur rue. J'avais besoin de dormir avant de repartir pour Toulouse. Des boucheries proposaient la viande à la coupe et quelques plats cuisinés, d'invariables gratins en barquette. Les chiens déféquaient partout sur les trottoirs. Les voitures occupaient la ville et, ici ou là, on faisait couler l'eau dans le caniveau. Des balayeurs agitaient leur balai antique. Dans d'obscurs petits cafés, quelques hommes buvaient un premier pastis.

Christine m'a réveillée des heures plus tard. C'était l'après-midi. Les filles de la veille allaient boire un café vers le Vieux Port :

— Tu veux venir ?

Dimanche, il faisait doux dans Marseille et j'aurais voulu être seule avec Sonny dans le soleil, on aurait roulé sur l'autoroute. J'aurais pu m'arrêter faire le plein dans un de ces postes au sol imbibé de carburant, puis repartir et on se serait arrêtées de nouveau six cents kilomètres plus loin, dans le même genre de halte, et j'aurais ouvert les toilettes publiques, vides de papier, à l'aide d'une clé accrochée à un bout de plastique surdimensionné, rose pour les filles et bleu pour les garçons. Mais Sonny n'était même pas à la terrasse du café et une chape d'ennui était tombée sur moi. Les filles n'arrêtaient pas de parler et France, la jeune femme docile, souriait beaucoup. Elle était déjà sortie avec Mimi, Christine me l'avait dit tout à l'heure. J'avais commandé un demi et fait le tour des paquets de cigarette de la table durant l'heure qui avait suivi. J'avais même tapé dans le paquet de Mimi que le manque de sommeil avait fripée. La conversation m'exaspérait. Christine essayait de m'apaiser un peu.

Le voyage de retour en train se confond avec mille autres voyages : des sandwichs, des voyageurs, leurs revues, leurs mots fléchés et leur bouteille d'eau. Christine était triste d'avoir quitté France, qui pleurait sur le quai. La jeune femme avait parlé de venir pour Pâques, elles allaient s'écrire.

Et puis France est venue quelques fois. Elles avaient passé des week-ends enfermées dans l'appart de Christine, elles avaient erré dans la région. Les cousins de Christine avaient une ferme en Ariège, près de Sabenac, un hameau. Elles passaient du temps là-bas aussi et ramenaient des eaux-de-vie produites dans les campagnes illégalement. Moi, je meublais le temps avec un garçon dont les parents habitaient tout près de chez ses cousins. Pour que quelque chose émerge de la relation morne et convenue que j'entretenais avec Sébastien, il me semble qu'il aurait fallu traverser la dense forêt des choses attendues. Et la vérité c'est que ni lui ni moi n'avions envie d'une quelconque traversée ensemble. On se contentait donc de passer du temps tous les deux, un ou deux jours par-ci par-là et de fumer des cigarettes.

Au mois de juin, France est revenue. Sonny l'accompagnait, Mimi aussi et une autre fille que je ne connaissais pas. Elles avaient décidé avec Christine d'aller passer une semaine en Ariège.

Je me souviens que la route qui menait à la ferme des cousins était largement boisée. Il fallait emprunter un dernier virage prononcé et la ferme se trouvait sur la droite d'un court chemin de terre. Même en plein soleil, une désolation montait de l'endroit.

J'ai passé une nuit dans cette ferme d'Ariège. Le relief de la région embrouille mes souvenirs. J'étais arrivée en fin de journée. Je me souviens de la nourriture médiocre que l'on y avait mangée. Sébastien avait tenu à m'accompagner et la situation générale entre les uns et les autres me paraissait bouchée.

L'endroit sentait l'élevage en batterie. Les animaux avaient l'air inquiet. Et comme les brebis dans l'étable, mon expression était morose au milieu du rire des filles qui venait de l'intérieur de la maison. J'avais ensuite marché seule sur la propriété. Quelque chose de menaçant venait du petit poulailler, mais surtout de l'important élevage de perdrix maintenu sous d'intenses lampes. Un immense grillage empêchait les oiseaux de fuir, bien que d'autres cages, petites celles-là, emprisonnaient déjà chaque couple de perdrix à l'intérieur d'un grillage plus fin encore. L'installation était gigantesque.

L'odeur de l'élevage en batterie donnait envie de pleurer. Je me souviens qu'à un moment des pas m'avaient détournée de ma stupeur. Ce soir-là, Sonny était venue à ma rencontre. Elle m'avait dit :

— Ça ne va pas ?

Nous étions assez loin de la maison même si l'éclairage démesuré de l'élevage diminuait la distance. Je ressentais intensément le dénivelé entre la maison, les bâtiments et l'élevage aménagé plus bas. Sonny était avec moi, en bordure des puissantes lampes qui rendaient folles les volailles. Je venais d'apprendre que mon grand-père était passé du bloc opératoire aux soins intensifs. Il avait fait un arrêt cardiaque, avait été mort durant quelques instants, puis on l'avait réanimé. Les volatiles s'agitaient dans leur cage. Il arrivait que les mâles tuent les femelles par cruauté, ou encore par amour, pour qu'elles puissent échapper à l'horreur, personne ne savait. Et puis pour les gens qui s'occupaient des bêtes, c'était indifférent. J'avais parlé à Sonny des perdrix, de l'odeur. On avait regardé la terre sous nos pieds. L'alcool, l'effet de l'herbe nous rapprochaient puis nous éloignaient. La vie était si différente ici, le désordre humain s'était emparé des terres immuables. Les animaux exigeaient de l'équipement, qui exigeait des hangars. Pour les chiens, on mélangeait des kilos de pain rassis à de grandes boîtes de sous-produits animaux gélatineux, additionnés de colorants qui donnaient ces riches tons de brun à la mixture. Je n'arrivais pas à comprendre ce que faisait Sonny avec Mimi, son intérêt pour elle. Les chiens du chenil aboyaient. Et le relief continuait d'embrouiller mes pensées. L'effort déployé pour produire des œufs fécondés, des agneaux et des chiots me perturbait. Je me souviens avoir demandé à Sonny si elle voulait avoir des enfants. Les ongles des perdrix grattaient les grilles métalliques de leur cage. Au loin, on avait entendu un coup de feu retentir. Je voulais rester dans la nuit avec Sonny, nous aurions abandonné ces régions d'élevage et de pâturage pour la Côte où, mis à part les glaïeuls, on ne produisait plus grand-chose. J'aurais roulé avec elle dans la nuit, avec comme seule crainte celle de frapper un sanglier ou un cerf dissimulé dans les terres boisées de l'Ariège.

— Sonny, Sonny! avait crié une ombre découpée par la lumière dans la porte entrouverte.

On nous appelait pour le champagne que l'on ouvrait en l'honneur de France, pour son anniversaire. Sébastien avait l'air subitement très sûr de lui, il riait beaucoup et Mimi riait davantage encore, ce qui établissait entre eux une sorte de passage à double voie où l'un procurait à l'autre l'impression de plaire. Les yeux mi-clos de satisfaction de Sébastien m'inspiraient du dégoût, les roucoulements de Mimi, de la fureur. Christine avait fait sauter les bouchons et Mimi, le verre à la main, avait parlé tout bas à Sonny, dans une sorte de toast intime au milieu du groupe. Dans la maison achetée sur plan, Sébastien était venu un instant roucouler autour de moi et j'avais changé de pièce. J'avais visité le reste de la maison en buvant un verre démesurément rempli. Je sentais que l'abondant mobilier immobile et silencieux que les années avaient permis de rassembler formulait le style des ébats qui s'étaient déroulés ici. Le désir bref qui avait saisi des hommes et des femmes au long des ans s'enchâssait aux meubles qui emplissaient la maison. Les gens avaient posé en vrac leurs affaires à l'intérieur de chambres méticuleusement rangées. Les luminaires étaient dorés dans l'étroit corridor qui distribuait les chambres et la salle d'eau, et j'ai eu un malaise à ce moment-là, contre le comptoir veiné d'or de la petite salle d'eau sans fenêtre.

Sonny avait ri en me découvrant à demi évanouie dans la salle d'eau grisâtre. Elle m'avait caressé la joue en plaisantant et emmené sur le lit d'une des chambres. Face au lit, trônait une commode sur laquelle un miroir électrique, avec fonction *daylight* et *nightlight*, était posé. Plus haut, une étagère décorative mélangeait vrais et faux livres reliés, comme dans le bungalow de mes grands-parents, sauf que chez mes grands-parents il y avait aussi des roses artificielles toujours scrupuleusement époussetées dans leur vase sans eau. À la cuisine, les filles avaient mis *White Wedding*, mais bien sûr personne ne faisait attention aux paroles. J'avais la tête qui tournait, je fermais les yeux. Je me suis endormie en tenant la main de Sonny, tandis que Billy Idol répétait : « *Nice day to / start again / Nice day / for white wedding* », comme en 83 quand *White Wedding* passait sur toutes les radios.

J'ai dormi sans conscience durant plusieurs heures. Au réveil, la maison était silencieuse. Les baskets à la main, j'avais traversé la maison. Les chambres étaient toutes occupées. L'une d'elle avait sa fenêtre minuscule grillagée de l'extérieur, Sébastien et Mimi y dormaient enlacés. Le jour venait tout doucement. La cuisine avait été en partie rangée. Le canari décoratif de la cuisine avait été déplacé. Les filles l'avaient accroché sur le rebord d'un large cendrier monstrueusement rempli de mégots, de cendres et d'allumettes, et l'oiseau au pelage synthétique restait imperturbable face à cette mangeoire géante qu'il paraissait tout juste découvrir. Sonny n'était pas dans la maison.

À ce moment-là, une évidence s'est imposée à moi. L'enchaînement des dates, la concordance symétrique des années étaient vraiment différents de ce que j'avais imaginé au début. Les pièces du puzzle n'avaient pas été découpées dans une image d'abord intouchée et entière.

Non, c'était plutôt une pièce qui avait donné l'idée de la suivante. Elles avaient été dessinées les unes après les autres. L'une appelant l'autre, et l'ensemble finissant par produire une image complète. Pour ce casse-tête, aucune image ne préexistait.

La porte était restée entrouverte. Dehors les animaux s'agitaient. Du poulailler, j'entendais piailler. Sonny marchait au milieu des poules. À chacun de ses pas, les poules s'affolaient davantage.

L'attraction terrestre se faisait particulièrement sentir ici, sur cette propriété dénivelée, de la maison jusqu'à l'élevage en batterie. Sonny voulait partir. Elle avait mis son sac dans la voiture déjà.

— Tu peux me ramener jusqu'à la ville?

J'avais griffonné un mot pour Christine. Dans la voiture, Sonny était fermée comme une huître.

Je suis rentrée à Montréal parce que je manquais d'argent et que rien ne me retenait plus à Toulouse. Christine mise à part, les gens que j'avais rencontrés dans la Ville rose menaient une vie qui ne me concernait pas. Après l'Ariège, France m'avait dit que Sonny n'était plus avec Mimi, qu'on ne la voyait plus à Toulon, qu'elle était plutôt du côté de Montpellier où vivait son père désormais. J'avais tenté d'obtenir son adresse sans y parvenir. Et elle n'avait jamais cherché à me contacter. À Montréal, de mon côté, j'avais dû travailler beaucoup pour rembourser des dettes. Maintenant, je travaillais sept jours sur sept et le soir je sortais, je faisais des rencontres. Je voyais Jean-Nicolas aussi.

Des mois et puis deux ou trois ans avaient passé ainsi à attendre. L'avenir paraissait être tracé à l'aide d'un spirographe. Dans le noir, une main anonyme faisait glisser la pointe du stylo à l'intérieur d'une roue qui, grâce à un système d'engrenages, tournait à l'intérieur d'une forme, plus grande. Une étoile à la symétrie obsédante en naissait.

Un après-midi, j'ai reçu un coup de fil d'une amie de Christine qui m'annonçait la venue de Sonny à Montréal. Je me souviens avoir pris la communication dans mon lit, la chambre était froide. Le printemps arrivait tout doucement, mais le printemps montréalais, avec les épaisses plaques de glace qui fondent chaque jour un peu plus, laissant s'écouler des filets d'eau, des ruisselets, dont une partie, celle qui ne s'est pas enfoncée dans les sols, regèle nuit après nuit. La voix m'invitait à venir boire un verre en l'honneur de Sonny, jeudi prochain, au Diamant noir, un endroit assez sinistre où il n'y a que des femmes. Beaucoup de jeunes femmes rondes, certaines garçonnes, d'autres pas. Certaines féminines comme des hôtesses de l'air, brushing et ongles faits. J'avais demandé si Sonny venait seule à Montréal.

Sonny dans les rues de Montréal me semblait être une chose impossible.

Quand je suis arrivée, elle était déjà là entourée de la fille que j'avais eue au bout du fil et de quelques copines de cette dernière à l'allure légèrement triste. Sonny était contente d'être là, elle voulait changer d'air, elle disait qu'elle voulait voir autre chose. Elle ne connaissait à peu près rien de Montréal. Dehors, le verglas recouvrait tout et un vent furieux soufflait du nord.

Au bout d'une heure ou deux, nous avions quitté le Diamant noir pour aller en face, dans une boîte de nuit vide encore. Sonny buvait les bières qu'elle se faisait offrir et je lui parlais dans la pénombre bleue.

Parfois, le poids du destin était si lourd qu'il paraissait invraisemblable jour après jour d'en être l'artisan. À côté de mes souvenirs du Midi, de la spectaculaire végétation du Midi, de ses bords de mer magnifiques, de ses fonds turquoise, Montréal à cette saison avait l'air misérable. Dans les campagnes les ruisseaux grondaient, en désordre les rivières sortaient de leur lit et les nombreux arbres qui émergeaient du fil de l'eau donnaient un air déconcertant à ces lacs nouveaux. En hauteur, la neige n'avait pas encore fini de fondre. Dans la ville, les sols étaient tapissés de papiers gras qui apparaissaient chaque jour davantage à mesure que la neige disparaissait. Et Sonny était heureuse d'être là. Elle avait accepté de venir quelque temps chez moi. Je lui avais fait une chambre dans la pièce qui me servait de bureau. Souvent elle restait dans mon lit la nuit.

Quelques semaines après son installation chez moi, je l'ai emmenée visiter la campagne. Elle s'émerveillait de tout, mais craignait la forêt et l'eau dormante des lacs. Sur la route, nous avions failli frapper un chevreuil. Je ne sais pas exactement de quoi elle rêvait. En remontant le chemin qui serpente dans les bois et qu'il faut emprunter pour arriver à la petite maison qu'on nous avait prêtée, je lui avais demandé pourquoi elle avait quitté Marc, je n'avais pas envie de mentionner l'existence de Mimi, et elle, de toute manière, ne voulait pas répondre. Elle avait parlé d'autre chose.

Sur la route de terre qui passe près de la maison il n'y a à peu près jamais de passage. Mais ce jour-là, nous avions croisé un pick-up kaki largement rouillé qui redescendait de la montagne à une vitesse terrible. Un énorme chien policier était enchaîné dans la boîte arrière du camion.

Nous avions ouvert la maison fermée depuis long-temps. Le silence paraissait avoir pétrifié les lieux. Plus tard, à mesure que la nuit descendait, on avait vu plusieurs chevreuils s'avancer sans crainte près de la maison. Je lui avais fait à manger dans de vieilles casseroles et on buvait dans des verres à moutarde.

En Europe centrale, les gens ont laissé la forêt reprendre possession du territoire là où la guerre avait remué la terre, et les arbres calcinés ne se voient plus. De hautes forêts ont aujourd'hui recouvert l'ancienne campagne désolée où se cachaient les deux femmes que j'avais vu s'embrasser longuement malgré la peur, la faim et le froid, de ma chambre à Canterbury. Ces lieux sont maintenant couverts de feuillus et de quelques conifères, comme ici, dans cette ancienne ferme où la forêt, peu à peu, regagne du terrain. Et seule avec Sonny dans la nature sauvage, je percevais intensément le lien étrange qui arrimait mes 31 ans à mes 13 ans.

Au matin, le soleil avait ressuscité les mouches qui bourdonnaient dans l'herbe naissante mêlée de boue. De la forêt venait le bruit des pics-verts. La nature ici montrait sa puissance infinie. Une à une elle reprenait les fermes abandonnées des environs. La neige, la pluie et le vent avait invariablement raison des toits, tandis que l'ensemble des matériaux était patiemment et inéluctablement repris par les sols. Les tôles rouillaient jusqu'à ce qu'elles se confondent avec eux. L'humidité attaquait les matériaux synthétiques, décolorait les plastiques, et des mousses les recouvraient entièrement au bout de quelques années.

J'étais venue tant de fois ici et les chemins dans la forêt continuaient de me tromper. Le plan incliné du paysage s'était transformé, il me semble. Tout était démultiplié, ruisseaux, pierres, arbres, pour me tromper, mais je finissais toujours par retrouver la maison et Sonny avait ri ce matin-là de me voir aussi hésitante dans ce territoire que je prétendais connaître.

Durant le jour, le soleil avait chauffé intensément le plan incliné, c'était irréel. Tout était encore nu et la chaleur montait. Sonny m'avait reparlé de Marc au milieu de l'après-midi. Dans la maison, des dizaines, des centaines de coccinelles avaient pris d'assaut les fenêtres. Les plus vigoureuses pinçaient lorsqu'on tentait de les chasser. Les autres étaient trop molles pour mordre, elles arpentaient les surfaces et voletaient par à-coups sans voir. Les temporalités anciennes absorbaient Sonny, assise en plein soleil. Elle m'avait parlé aussi du Canebas et de l'autre Olga.

Il faisait chaud maintenant au soleil. Une chaleur incroyable venait du plan incliné, de cette clairière dans laquelle avaient été bâties la maison et la grange, alors que dans la forêt il y avait encore de la neige. À la lisière de la forêt, les sols étaient boueux. Des rigoles d'eau coulaient abondamment vers les parties plus basses du terrain. Sonny avait voulu que l'on marche dans la boue, mais nos baskets avaient été instantanément mouillées et nous étions allées chercher des bottes de caoutchouc dans la cave de la maison pour pouvoir poursuivre l'exploration de la lisière. Au printemps, l'eau de dehors coulait jusque dans la cave. Un coin en particulier était plein d'eau et un rebord en maçonnerie avait été façonné pour la recueillir. De nombreux jeux d'été aux couleurs vives étaient entreposés sur des étagères métalliques avec des cordes et toutes sortes de contenants. Du vin et des bières restaient là aussi, au frais, dans l'humidité perpétuelle. Sur le mur qui faisait dos à l'escalier, près des nombreuses paires de bottes de pluie, étaient rangés dans la plus grande étagère de la cave les outils. Presque tous nettoyés, lubrifiés et soigneusement alignés. L'un d'eux avait attiré l'attention de Sonny. Une sorte de marteau piqueur d'assez grande taille était posé dans un coffre moulé à sa forme. Plus bas sur l'étagère, une série de mèches géantes étaient rangées de façon méticuleuse. Même dans la pénombre l'acier brillait. C'était des mèches géantes conçues de manière à s'enclencher dans le marteau piqueur qui avait dû servir à fendre le béton des fondations d'une rallonge démolie récemment.

Ça m'avait rappelé un film X vu des années plus tôt. Je devais avoir 20 ans et j'avais acheté pour quelques dollars un projecteur de film super 8 chez un brocanteur. Chez moi, j'avais fait tourner la bobine oubliée dedans pour m'assurer que le projecteur fonctionnait. On y voyait un plan très rapproché dans lequel un homme tenait dans ses larges mains une pièce de machinerie au bout lisse et arrondi qu'il introduisait dans une femme aux yeux fermés qui ouvrait son sexe de manière presque inhumaine pour pouvoir accueillir le diamètre considérable de la pièce. Une succion entraînait irrémédiablement l'acier vers l'intérieur. Le film ne durait pas plus de dix minutes.

Avec Sonny, bottes aux pieds, nous avions marché dans la boue en riant à la lisière de la forêt. L'eau traçait son chemin, elle se précipitait vers le fond de la vallée.

La nuit tombait quand nous sommes rentrées en ville pour une fête chez Jean-Nicolas. Il y avait là des gens que je voyais beaucoup à l'époque. Une majorité de garçons et quelques filles timides. Ils étaient tous gentils avec Sonny. Dans la cuisine, les filles lui avaient servi à boire. Elles lui posaient des questions sur la Côte d'Azur :

— À quelle distance est la mer de chez toi ? Jusqu'à quel mois peut-on s'y baigner ?

Jean-Nicolas avait déjà beaucoup bu et je parlais aux uns et aux autres distraitement. Durant un long temps, je ne parvenais pas à chasser de ma tête la campagne où nous avions dormi la veille. Le paysage et son lien avec le paysage du film que j'avais vu en 83 me restaient en tête. La campagne me conduisait aussi à une trentaine de kilomètres de là, dans un secteur plus peuplé, où un promoteur avait depuis longtemps fait construire de petites maisons de vacances autour d'un lac artificiel.

C'est là que, l'été suivant Calpe, j'avais sauvé Alain de la noyade. Je l'avais saisi de dos, enserrant son torse avec mes bras, et j'avais réussi à le ramener sur la rive parce qu'elle était juste à côté. Le lac minuscule était creusé à pic et Alain, en voulant rejoindre le quai flottant sur lequel Tom somnolait, avait été surpris par la profondeur de l'eau. J'avais crié à Tom qu'Alain avait failli se noyer et je me souviens qu'il s'était assis sur le quai, m'avait fait répéter et avait ri. Il était très blond, petit de taille comme Alain, mais beaucoup plus fin. Il avait ri, puis s'était étendu de nouveau au soleil, jeune et beau, avec ses boucles dorées, quelques années avant de mourir abruptement du sida.

Durant la fête, les voisins étaient venus dire à Jean-Nicolas que nous faisions trop de bruit, que la musique était trop forte et il avait fallu baisser le son. Mais Jean-Nicolas n'arrivait pas à s'y résoudre tout à fait. Et puis il était venu me demander ce que j'avais en mettant la cendre de sa cigarette partout. Avec la musique moins forte, nous nous étions retrouvés à discuter au salon. Juste à côté, Sonny parlait avec deux amis de Jean-Nicolas que je connaissais moins bien que les autres.

— Tu es jalouse? m'avait demandé Jean-Nicolas.

— Jalouse et possessive.

Tout ce que je disais faisait rire Jean-Nicolas. Sonny, qui ne me voyait pas, parlait toujours aux deux garçons.

Elle leur disait qu'elle avait une obsession maintenant : avoir un enfant.

— Je ne sais pas comment, ni avec qui, mais je veux un enfant.

Et les garçons écoutaient, un peu penauds. À leur place, j'aurais promis tous les enfants de la terre à Sonny pour passer une nuit avec elle, mais eux l'écoutaient parler, inquiets et respectueux, en modérant de temps à autre par un « tu as le temps ». Et puis elle s'était levée pour aller se chercher un autre verre. Elle m'avait regardée un moment dans les yeux avant de m'embrasser sur la bouche. En titubant, elle avait quitté la pièce un verre vide à la main. Ce soir-là, je l'avais ramenée complètement ivre dans la nuit froide du printemps montréalais.

Elle avait baissé la vitre côté passager et tenait sa tête appuyée sur le rebord de la portière, les yeux fermés, à chaque trou dans la chaussée mauvaise, sa tête venait cogner le rebord glacé.

À l'été, quand la chaleur accablante est vraiment venue sur Montréal, j'ai acheté un t-shirt à Sonny sur lequel on pouvait lire *Paradise* écrit à l'aide de petits diamants de plastique. J'aimais la photo couleur imprimée sur le t-shirt : un ciel incroyablement bleu, un palmier et la plage. La peau de Sonny fonçait à mesure que le soleil était plus fort. Nous n'avions pas beaucoup reparlé de la soirée chez Jean-Nicolas, mais chaque fois que j'étais là pour entendre, Sonny parlait de l'enfant qu'elle voulait avoir. Et les gens finissaient toujours par me poser des tas de questions auxquelles je ne savais pas quoi répondre.

À partir de là, j'ai été plus sensible à ce que disaient les uns et les autres sur la famille et tout ça. Je me suis mise à écouter davantage. Tout le monde avait un avis.

Un soir à la télé, un petit homme assez vilain avait dit :

— C'est illégal. Les familles homosexuelles, c'est illégal.

Et la fatigue et peut-être même la drogue me faisaient confondre sa physionomie, son visage avec les têtes des cent crevettes que j'avais mangées plus tôt dans la journée. Des crevettes de Matane vendues au marché dans un filet, avec la tête, les pattes et la queue. Je les décortiquais en buvant des rasades de blanc. J'avais tout mangé. Puis, j'avais mis les cent têtes de crevettes dans le sac poubelle et les fourmis s'étaient jetées sur elles. Elles parcouraient le visage, l'œil noir et fixe des crevettes qui se confondait avec celui de l'homme à la télé, petit et pointu comme les têtes des crevettes de Matane qui, au fond du sac poubelle, continuaient de garder la même expression.

J'ai éteint la télé très tard et le lendemain une odeur forte montait de la poubelle remplie de cent têtes de crevettes sur lesquelles couraient des fourmis toujours plus nombreuses.

Durant la nuit, j'avais repensé à un ami d'Alain que je n'ai jamais connu sous un autre nom que celui de J-Pine. Il venait souvent au restaurant d'Alain. Il était très petit, courbé. Sa peau particulièrement claire, que ses yeux et sa pilosité très noirs faisaient paraître encore plus pâle, bleuâtre, rappelait la crevette crue. Il portait un blouson de cuir ajusté et des bottes à talonnettes assorties qui enveloppaient ses chairs de crustacé. J-Pine fréquentait assidûment le même club de danseurs nus qu'Alain, les Trois C. La dernière fois que je l'ai vu, il se préparait à sortir dans ce club avec Alain et Steve, grand ami de mon parrain et barman là-bas.

Quand Tom a fini par mourir, après avoir agonisé durant des semaines entre la cuvette et son lit, Alain a décidé de partir quelques mois en France. Il avait racheté à une mauvaise fréquentation un très beau tableau de Modigliani. Il doutait en fait de son authenticité, mais voulait maintenant le vendre parce que le temps pressait. À Paris, l'antiquaire à qui il avait montré le tableau avait aussitôt appelé la police et Alain s'était retrouvé sous les verrous pour tentative de recel d'un tableau célèbre volé à Montréal dix ans plus tôt. Pour des raisons de santé, la lourde peine d'Alain fut ramenée à une réclusion de quelques mois. Quand il est rentré à Montréal, il a tout vendu en quinze jours : son restaurant, sa maison et tous ses biens. Il avait décidé de partir pour la Nouvelle-Orléans. Je ne sais comment le calcul précis du temps qu'il lui restait à vivre se faisait dans sa tête, mais je sais qu'il comptait profiter méthodiquement de son sursis avant l'agonie définitive.

La veille de son départ pour la Nouvelle-Orléans, il m'avait demandé de passer chez lui rue Saint-André. Pas loin du tout de l'appartement où je vis aujourd'hui. Dans sa chambre, il ne restait qu'un matelas sur lequel il avait posé une bague.

— Tiens, c'est pour toi. Moi, je n'en ai plus besoin.

Steve était assis à la petite table de la cuisine. Il ouvrait des huîtres. Il en faisait glisser certaines dans sa bouche et en détachait d'autres à l'aide d'un couteau pour les déposer dans un verre rempli de bière. Une dizaine d'huîtres cuisaient ainsi dans le fond de son verre. Alain, lui, buvait de grandes rasades de blanc et aspirait les huîtres que lui ouvrait Steve. J-Pine sirotait un martini. Il n'aimait pas les huîtres, mais partageait avec les deux autres le goût des prostitués. Pour cela,

Steve me semblait singulier : il avait 23 ans et n'avait que des rapports tarifés. Ce soir-là, j'avais bu une bière ou deux avec J-Pine et Steve dans l'appartement presque vide d'Alain. Un grand garçon châtain et timide était venu les rejoindre. Il portait un jeans sans marque et un blouson de sport. Alain était son client. Ils se préparaient tous à sortir faire la fête, tandis que j'étais rentrée chez moi avec mon héritage glissé dans la poche.

Alain et J-Pine fréquentaient assidûment les Trois C. Ils se commandaient des alcools chers et distribuaient d'abondants pourboires aux uns et aux autres. À l'époque, les Trois C — qui étaient encore tenus par les trois propriétaires fondateurs, les deux Claude, qui tomberaient bien vite malades, et Charles — jouissaient d'une réputation terriblement scandaleuse. L'enseigne était sinistre et l'aspect défraîchi des lieux aggravait encore sa réputation. Bien qu'illégaux en ce temps-là, les contacts entre les clients et les danseurs nus y étaient habituels.

À la fin des années 80, les danseurs des Trois C venaient au resto d'Alain durant le jour boire un café ou manger un sandwich. C'était de beaux garçons bien bâtis. Beaucoup sont morts. D'autres jeunes hommes ont désormais pris leur place sur le podium du club. Des centaines d'hommes invariablement jeunes et bien montés ont dansé aux Trois C depuis l'époque où Alain y avait établi ses quartiers. Le club a été vendu deux fois et si les dernières rénovations ont métamorphosé l'endroit, le nom est resté et les serveurs sont toujours aussi obsédés que Steve l'était par la cadence effrénée des pourboires. Ils ont l'âge que Steve avait quand il travaillait ici, ils donnent le rythme, ils incitent à boire, tandis que de beaux mâles dévoilent leur anatomie sur la piste sous les commentaires louangeurs de l'annonceur maison.

Avec Sonny, c'était mon idée, nous avons passé ensemble le 31 décembre de sa première année à Montréal aux Trois C. Les danseurs se promenaient dans la salle une serviette blanche nouée autour des hanches. Les petites amies des quelques danseurs hétéros de l'endroit tenaient des propos incohérents. Elles avaient trop bu. On voyait des billets de banque partout. Et des muscles. Dans l'arrière-salle, une quinzaine de box fermés par des rideaux noirs accueillaient des genres de tête-à-tête. Les danseurs en sortaient avec des liasses plus épaisses encore. Tous les regards se portaient vers les danseurs au physique triomphant debout sur la scène, sur le podium, dans la salle, dans les box. De vieux clients venaient admirer les danseurs qui se déhanchaient en souriant. À l'entrée du couloir des box, Sonny parlait à un grand brun depuis un moment. Il s'appelait Hischam.

Les premières fois, je n'ai vu Hischam qu'aux Trois C. Une fois la semaine, le bar ouvrait ses portes aux dames et Sonny me demandait de l'accompagner. Il venait à notre table. Il nous faisait beaucoup rire. Un genre de fête asymétrique. On le regardait danser. On lui offrait des verres. À un moment de la soirée, Sonny s'enfermait dans un box avec lui.

Au début elle rentrait avec moi pour la nuit après avoir passé la soirée aux Trois C. Jusqu'à ce qu'elle fasse autrement. Peu à peu, elle n'est plus venue dormir chez moi. Mais je ne le disais à personne, je ne disais rien. Elle voyait Hischam hors du bar et sans moi. Elle paraissait suivre une sorte d'idée fixe. Et elle évitait désormais le plus possible de me voir.

Puis, Sonny est tombée enceinte d'Hischam.

Le long du pont Jacques-Cartier, ils ont posé de hautes grilles pour empêcher les gens de se jeter dans le fleuve. Année après année, des désespérés à bout de force se laissaient chuter dans ses eaux. Sur la rive montréalaise, quand le pont a été construit, des quadrilatères de maisons de brique se sont retrouvés sous l'ouvrage d'acier. Même si on ne se voyait plus trop, j'avais décidé de laisser mon appart à Sonny le temps de la grossesse. J'avais emménagé temporairement chez Jean-Nicolas. Son appartement se trouvait au rez-de-chaussée d'une de ces maisons à l'ombre du pont. À cinq minutes à pied des Trois C.

Adolescente, j'avais beaucoup dessiné le pont Jacques-Cartier au stylo noir. Je terminais invariablement mon dessin par une flèche pointant vers les eaux noires du fleuve et l'inscription *Suicide du pont*. C'était étrange pour moi de m'installer sous cette structure métallique. Par orgueil, Jean-Nicolas ne faisait jamais de commentaire sur l'emplacement de son appartement. Il le trouvait spacieux. Le bruit et le froid qui venait maintenant ne le gênaient pas. Son orgueil se mélangeait dans ma tête à la structure métallique du pont qui permettait de traverser la largeur prodigieuse du fleuve.

Jean-Nicolas avait insisté pour que je m'installe dans la grande pièce double à l'avant, c'était là qu'au printemps dernier, Sonny avait dit à deux de ses amis qu'elle voulait avoir un enfant. J'avais installé mon sac dans cette grande pièce un peu triste, un peu grise, morne, bruyante par les piles du pont qu'on voyait de la fenêtre et qui répercutaient le bruit des milliers de voitures qui l'empruntaient sans arrêt. Le mince effort de décoration accentuait l'impression de tristesse qui montait de là. Mais j'aimais être chez Jean-Nicolas. Dans ses choses de garçon. Il m'avait prêté un couvre-lit à carreaux vert foncé et dans la salle de bain tout au bout de son long appartement, une robe de chambre à carreaux vert foncé était suspendue à un crochet. On ne cuisinait pas beaucoup. On ne se voyait pas tant que ça non plus, parce que le jour il partait travailler à l'université.

Certains soirs, je sortais seule dans un endroit pas très loin de là. On pouvait y voir des corps de femmes fessus, soutenant de larges poitrines et qui marchaient gauchement comme des hommes rudes d'un autre temps.

Plus que n'importe où ailleurs, les endroits de filles réunissaient des gens d'univers et d'âge très différents. Même si, en définitive, la ségrégation se poursuivait encore sur la piste où riches et pauvres dansaient par petits groupes étanches. Les filles mimaient des danses sensuelles, riaient à la manière d'adolescentes sur le point d'entrer dans la vraie vie. Elles avaient le temps de se momifier sur pied, elles avaient le temps d'être frappées par la honte des années, la vraie vie n'avait pas l'air de vouloir se manifester. Je revoyais des filles que j'avais connues des années plus tôt. Elles continuaient de danser en rond dans les endroits de filles en parodiant comme des adolescentes timides des mouvements plus osés. Sur la piste de danse, seules les filles saoules se déhanchaient avec ardeur.

Les mises ostentatoires des bourgeoises détonnaient dans l'endroit. Elles avaient des coupes de cheveux plutôt mode, des bijoux dorés, de ravissants soutiens-gorge sans doute, des vêtements bien coupés, elles sentaient bon et restaient entre elles. Je n'aimais pas beaucoup ces filles, mais n'étais pas insensible au scintillement de leur richesse. Leurs appartements étaient beaux, féminins comme elles, avec une cuisine regorgeant de beaux objets et deux salles de bain remplies de produits de beauté. Elles écoutaient la musique du moment, mangeaient la nourriture de l'heure et discutaient de je ne sais plus quoi. Elles avaient de belles voitures. Et même l'été, il y en avait deux ou trois qui paradaient au volant d'une Mercedes ou encore d'une BMW bleu électrique décapotable. Le rêve de Sonny.

Elles allumaient des bougies, remplissaient de mousse parfumée de grands bains chauds et lisaient un instant leurs courriels en faisant entendre un rire sonore dans la pièce à côté, de manière à ce que l'on sache bien qui avait écrit quoi. J'aimais les couleurs profondes des serviettes de toilette et la douceur des draps de ces filles qui avaient parfois, dissimulés dans leur placard à l'intérieur de boîtes chic, de jolis godemichés bleu marine en forme de dauphin.

Chez les plus pauvres, les godes étaient invariablement couleur chair. Des courroies élastiques beiges les maintenaient en place.

Quand je ne sortais pas et qu'il n'y avait personne chez Jean-Nicolas, je lisais des livres très compliqués tard dans la nuit. Une sorte d'ascèse. Ou je feuilletais des revues vaguement érotiques imprimées sur du papier glacé. Le vers d'un poème que je connaissais par cœur depuis l'adolescence me revenait en tête : «Loin des peuples vivants, errantes, condamnées.» Et je tirais un peu plus la couette à carreaux vert forêt sur moi.

Durant plusieurs semaines, Sonny ne m'a plus téléphoné.

Un vendredi, après la fermeture des Trois C, Hischam est venu me voir. Il portait un gigantesque anorak neuf surmonté d'une large collerette de fourrure. Sonny ne répondait plus depuis quelques jours, ni au téléphone ni à la maison. Et surtout, comme elle était enceinte de lui, il était inquiet. Il ne comprenait pas trop ce qui se passait. On avait discuté jusqu'à l'aube dans mon lit parce qu'il faisait froid partout ailleurs dans la pièce double. Je le regardais fumer des cigarettes. Il disait:

— Je ne sais pas ce qu'elle veut, tu comprends toi? On se voyait, on s'amusait bien, elle voulait un enfant, normal, moi aussi pourquoi pas. On s'était rien promis, c'était parfait, on était d'accord, et puis elle a brusquement coupé les ponts. Déjà, je comprenais pas pourquoi tu n'étais plus jamais là. Et puis elle voulait rien dire. Même, je sais que des amis à elle devaient venir de France, et tu vois, je l'ai su que par hasard, parce que j'étais à côté d'elle quand elle a reçu le coup de fil.

Avec son corps large et musculeux, Hischam était comme un surhomme dans mon canapé-lit. J'admirais son teint, ses épaules. J'avais mis son anorak sur moi. Il ne s'arrêtait plus de parler et de fumer. La structure métallique continuait de vibrer au loin, peu à peu un soleil aveuglant était monté à l'est, derrière le fleuve, et rayonnait sur les façades des bungalows et des maisons de briques de la ville et sur les manèges fermés de La Ronde, et encore sur une cabane de contreplaqué et de goudron bâtie, plus loin, face à la ville, sur une petite île baignée par les eaux sales du Saint-Laurent.

Avec Hischam, pendant les semaines qui ont suivi, nous avons traîné tous les deux. Je le tenais par le bras. Les gens le regardaient beaucoup. On brunchait dans des endroits chic. Il mangeait avec beaucoup d'appétit et parlait fort. Il essayait de m'expliquer un livre qu'il avait lu sur je ne sais plus quoi. Une histoire prodigieuse qui l'habitait depuis nuit et jour, disait-il. Il était très persuasif. Le livre semblait être façonné par une idée-force large comme un fleuve d'Amérique, dans lequel se jetaient mille situations. J'avais souvent remarqué que les gens qui lisent très peu ont tendance à donner une dimension magique aux rares livres qu'ils ont rencontrés et aimés.

Jusqu'à sept ans, Hischam avait vécu à Tanger avec sa mère. Elle recevait avec d'autres filles dans une maison sans fenêtres et il faisait parfois les clients avec elle. Les filles sortaient peu et l'envoyaient souvent dehors faire une course ou une autre. Durant l'hiver, il arrivait que la mère et un inconnu emmènent le fils courir sur la plage. À sept ans, du jour au lendemain, la police l'avait ôté de là et donné en adoption. Il ne parvenait pas à se souvenir précisément de la séquence des événements, sinon qu'il était venu ici avec une nouvelle famille, douce, et n'avait plus jamais revu ni sa mère ni la maison sombre et parfumée de Tanger. Tout avait été abandonné au fond des cales, au fond d'un puits très profond. Un reflet lointain laissait deviner des veines d'eau et même le sang abondant des avortements dissimulés encore dans une cave de Tanger.

À Montréal, il avait grandi heureux. Il cultivait l'insouciance. Il aimait marcher le long du fleuve. Ainsi, les grandes plages de Tanger vides l'hiver ne s'effaçaient pas tout à fait de sa mémoire. Je crois aussi que le sourire de Sonny se superposait à celui de sa mère qui disparaissait chaque jour davantage de son souvenir.

Un soir, nous avons croisé Sonny. Elle traversait la rue illuminée d'éclairages clignotants, sans vraiment regarder, comme toujours. Elle avait rendez-vous dans le bar en face, sa grossesse se voyait maintenant. Elle était pressée, mais de nous apercevoir tous les deux, Hischam et moi ensemble, l'avait forcée à s'arrêter un moment. Dans les larges fenêtres du bar, Mimi regardait la scène. C'était avec elle son rendez-vous. Sonny nous avait dit :

— Ça va ? Qu'est-ce que vous faites ? puis elle s'était engouffrée dans le bar en nous regardant intensément.

Hischam n'avait pas voulu la laisser partir comme ça, il était entré dans le bar, s'était assis à la table où Sonny avait rejoint Mimi et demandait maintenant des comptes.

« Je suis venue m'occuper un peu d'elle », gloussait Mimi, et elle faisait un geste pour montrer l'arrondi du ventre de Sonny et de grands yeux ronds pour souligner l'affaire, mais Hischam ne la regardait pas.

Elle continuait quand même, à mon endroit cette fois :

— Je suis venue avec mon fiancé, il est Québécois.

Une sorte de grand flanc mou était effectivement venu la rejoindre. Et Sonny, qui en avait assez des questions d'Hischam, en avait profité pour rentrer seule chez elle.

Les jours ont passé et le ventre de Sonny s'est arrondi encore. Peu à peu j'ai pu réintégrer sa vie. Peu à peu, Hischam et moi avons recommencé à passer des journées chez elle. Les premières fois que nous y sommes retournés, Mimi et son fiancé y étaient encore. Elle avait étalé sa camelote dans la salle de bain. Des produits de beauté médiocres en abondance. Elle s'enfermait dans la chambre avec Sonny. Elle passait des heures à faire sa toilette, tentait d'attirer le regard d'Hischam avec des accoutrements ridicules et se dandinait autour de son fiancé québécois, comme elle l'appelait. Elle disait en bébé « Mon bûcheron ». Dans la maison, dès que les hommes n'étaient pas là, elle parlait avec une voix pleine de sous-entendus des performances de son fiancé, elle feignait un air effaré en racontant son appétit pour la chose, elle essayait d'éperonner la jalousie de Sonny, elle s'agitait, se donnait de l'importance, puis, à un moment, finissait par boire trop et par avoir le visage tout tordu.

Le lendemain, ça reprenait de plus belle. Sonny ne buvait pas et ne parlait pas beaucoup. Mais je voyais comment Mimi voulait se trouver belle et séduisante dans le regard de Sonny. Je voyais comment ça restait présent pour elle la cour qu'avait dû lui faire Sonny des années plus tôt, à Magic World et sur les plages et dans les rues de Toulon. Sonny m'avait dit une fois :

— Tu comprends, elle a pas confiance en elle, sa sœur ou son frère, je ne sais plus, l'a maltraitée, une histoire du genre, c'est pour ça qu'elle est comme ça, qu'elle a autant besoin de plaire.

Et c'était criant combien Mimi était encore persuadée de plaire en présence de Sonny. Le fiancé ne se rendait compte de rien, mais Hischam et moi on pouffait. Cette manière qu'ont tant de femmes de se mettre de l'avant comme un irrésistible objet de désir ne résiste pas au temps et Mimi n'était plus si jeune. On se défoulait dans les rayons du Provigo. On se moquait de sa poitrine qu'elle offrait largement au regard. On raillait ses vieux mamelons, l'affaissement de ses joues, sa féminité déclinante avec laquelle elle tentait d'appâter Hischam et son fiancé québécois qu'Hischam surnommait Face-de-cul.

Durant deux semaines, on s'était portés volontaires aux courses, on arpentait le Provigo en imaginant, à mesure qu'on remplissait notre panier, lui faire subir les sévices les plus dégradants. On ne s'arrêtait de parler que sur le pas de la porte, à peine calmés. Hischam portait tous les sacs, et en passant le seuil, il reprenait son regard doux, servile, mâtiné d'hypocrisie.

Et puis un jour, Mimi et le fiancé sont repartis d'où ils venaient et l'on est restés seuls, entre nous enfin. Et le bébé a continué de grossir dans le ventre de Sonny.

Durant deux mois encore, je suis rentrée tous les soirs dormir chez Jean-Nicolas. Quand Hischam travaillait aux Trois C, nous marchions ensemble. La neige et le froid étaient impossibles. Sous le pont, le quadrilatère avait un aspect misérable. C'était des constructions médiocres, assez récentes, bâclées, percées de minuscules fenêtres tordues par l'affaissement lent des bâtiments que les infiltrations d'eau et le froid polaire de l'hiver achevaient de fragiliser. Au milieu de ces taudis, la maison de briques dans laquelle se trouvait l'appartement de Jean-Nicolas maintenait vaguement une ligne plus noble, mais l'affaissement général du quadrilatère, les murs mitoyens fragiles, l'asphalte des trottoirs et des rues largement fendue, laissant deviner l'intense hydrographie des sols, menaçaient sa structure.

Enfant, j'avais vécu dans des appartements sembla-
bles. Tandis que l'Amérique du Nord prospérait en
banlieue, tandis que les électroménagers s'accumulaient
dans les bungalows, tandis que les pelouses étaient toujours plus vertes, les plates-bandes toujours plus colorées,
tandis que les *sets* de salon étaient livrés avec de gigantesques télés couleur incrustées dans des meubles en
bois, tandis que les décorations lumineuses de Noël
étaient toujours plus abondantes, nous restions dans les
quartiers centraux des villes tout en haut de volées
d'escaliers, à l'intérieur de grands logements un peu
délabrés. Du troisième étage, nous descendions par la
fenêtre les poubelles à l'aide d'une corde. Quand je ne
trouvais pas la corde, il m'arrivait de les laisser chuter
tout simplement du troisième étage et d'attendre le
Pouf! qu'elles faisaient toujours à l'arrivée.

Tandis que les adolescents d'Amérique passaient leurs
soirées dans le sous-sol fini de leurs parents, les caves de
service des immeubles en briques du centre-ville continuaient de prendre l'eau avec la bénédiction heureuse
et insouciante de leurs habitants. Une nuit, alors qu'Alain
dormait chez nous, après une fête j'imagine, le mur de
notre immeuble s'était même effondré. Les briques
avaient écrasé sa Pinto jaune.

Il arrivait quelquefois qu'avec Jean-Nicolas on parle
jusqu'au lever du soleil. On reparlait souvent de Toulon,

des longs mois passés là-bas. Au milieu de l'hiver, j'avais du mal à comprendre pourquoi c'était ici chez nous, dans le Nouveau Monde, dans le paysage ingrat du Nouveau Monde, à l'ombre d'un pont, dans ce quadrilatère triste. On parlait des filles qui nous avaient plu sur la Côte. Sur les photos prises là-bas, on souriait devant de hauts murs couverts de bougainvilliers, on riait près des plantes grasses, sur la plage, à la terrasse de cafés. Jean-Nicolas me racontait son enfance en région : les hommes qui étaient devenus fous, les femmes qui avaient perdu la raison, les secteurs fortement industrialisés il y a peu, aujourd'hui abandonnés, et puis la campagne à perte de vue. Je lui avais reparlé de mes grands-parents qui aimaient tant le progrès qu'ils habitaient face à l'autoroute. On se moquait aussi des Toulonnais qui débutaient toutes leurs phrases par : « Nous en France ceci, nous en France cela. »

On se moquait parce que tout ce qu'ils avaient à déplorer dans leur existence, de même que toutes leurs raisons de se réjouir, transitaient par leur pays de manière hypnotique. On ricanait aussi en imitant une Québécoise avec qui était sorti un temps Jean-Nicolas, elle disait toujours :

— Vous, les intellectuels, vous êtes toujours bandés su'a France.

Et l'intérieur du quadrilatère où on passait la nuit à mélanger tout de ces deux pays maudits me semblait

glisser vers l'humidité malsaine du fleuve, vers ces aménagements de la ville perpétuellement mouillés par l'eau
froide du fleuve qui, l'hiver, se transformait à la surface
en immenses plaques de glace.

Quand il y avait de la lumière, Hischam de temps à
autre s'arrêtait chez Jean-Nicolas après les Trois C.

Durant le jour, on faisait de longues siestes chez
Sonny. On attendait comme des petits chiens que la
grossesse soit menée à terme. Et puis, les derniers jours,
nous avons fini par rester la nuit aussi. Jusqu'à ce qu'il
vienne au monde.

Hadrien est né au centre-ville, dans l'hôpital en briques jaunes d'une dizaine d'étages où je suis née. De la chambre, la vue très en hauteur sur les lumières de la ville la nuit était spectaculaire. Ma mère m'avait parlé de cette vue qu'elle avait longtemps contemplée au lendemain de ma naissance. Une tempête de neige d'une ampleur peu commune paralysait la ville.

Sonny a poussé en hurlant jusqu'à ce que le petit sorte des profondeurs de l'univers. Puis les infirmières l'ont pris, l'ont nettoyé et posé contre elle.

Le placenta est venu juste après, frémissant. Il remplissait un grand plat en inox.

À l'hôpital Saint-Luc quelques années plus tôt une femme s'était jetée par la fenêtre une heure après avoir mis au monde un enfant. Depuis ils ont installé des barreaux métalliques aux fenêtres de l'étage des naissances. Dans son lit en fer, Sonny souriait avec Hadrien dans les bras. L'interne présente cette nuit-là, une petite bourgeoise dénuée de dons pour le travail manuel et dont la soif d'ascension sociale pouvait seule expliquer l'aiguille dans sa main, avait recousu maladroitement le sexe déchiré de Sonny. Les chairs étaient mal raccordées et au toucher on sent aujourd'hui encore davantage qu'à la vue le mauvais raccord, la déchirure marquée, profonde de la peau.

J'ai lu dans les journaux que l'hôpital serait démoli bientôt. Ils vont raser le bâtiment et une poussière toxique se répandra sur les quadrilatères alentour, comme une neige scintillante au gré du vent.

Alain avait été emmené ici une fois. Il s'était fait casser la gueule dans une ruelle et, malgré son refus, le passant qui l'avait découvert effondré dans les ordures avait appelé l'ambulance. Quelqu'un était venu me prévenir au restaurant juste à côté. J'avais vu Alain couvert de sang, gisant sur une civière.

— C'te pauvre lui, disait ma grand-mère en époussetant mois après mois les fleurs séchées qu'Alain lui avait offertes pour Noël, à la fin des années 80, durant le seul Noël qu'il ait passé avec nous là-bas, à Sainte-Anne-de-Beaupré.

Les hommes malades dans les rues du quartier gai de Montréal, si tristes le jour, étaient nombreux à la fin des années 80. Il me semble que l'un après l'autre, ils s'effondraient. Mais personne ne parlait de maladie. Ceux qui en avaient encore la force venaient tousser durant le jour au comptoir du restaurant. Le cuisinier qui travaillait avec moi avait une pneumonie. Et toute la journée, on entendait parler de la queue des uns et des autres. Un ancien danseur des Trois C, un grand blond de 22 ans qui avait dû être vraiment musclé et qui était devenu maigre à faire peur avant de mourir, toussait, se mouchait sans arrêt et remplissait de kleenex le comptoir du restaurant. Sa mère lavait la vaisselle dans la cuisine.

Puis Alain a vendu le restaurant et tout ce qu'il possédait. Et, un automne, Alain était mort déjà, des masses et des pelleteuses sont venues raser le bâtiment.

Le rythme des démolitions ici fascinait Sonny. Tout changeait très vite. Et dans la ville, il ne servait à rien de se souvenir de ce qui avait été rasé.

Ailleurs aussi on démolissait, j'avais voyagé deux ans plus tôt avec mes grands-parents dans le nord du Québec, à l'intérieur de paysages sauvages, terribles, où ils avaient été heureux soixante ans plus tôt. De la voiture, ils commentaient entre eux ces territoires angoissants noircis par les épinettes, traversés par des rivières puissantes, puis de grands plans d'eau immobile :

— Regarde Réjeanne, ils ont débâti la maison des Gauthier. Regarde Réjeanne, ici aussi c'est débâti.

À la Rivière-à-Mars, ils avaient été heureux. Le jour de leur mariage, la noce était partie cueillir des bleuets.

L'abondance miraculeuse des baies était grosse de promesses, mon grand-père me le racontait en riant.

Ils avaient aussi vécu heureux plus au nord encore, dans une ville entièrement fermée aujourd'hui. Il restait des photos couleur des bungalows et des maisons à deux étages bien alignés dans les rues nouvelles de cette ville, il restait aussi des photos de la pelleteuse enfonçant l'église neuve et de l'entrée de la ville fermée par un large toboggan sur lequel des hommes avaient fixé un écriteau : *Ville fermée*. Quatre mille jeunes avaient vécu là durant une vingtaine d'années sans qu'aucune route terrestre ne les relie au reste du continent. L'unique route asphaltée du lieu conduisait de la ville à l'aéroport et aux mines. Elle longeait un très grand lac où les hommes allaient pêcher le dimanche.

À grande échelle, la vie humaine peinait à prendre possession des territoires du nord. De gigantesques engins — ils avaient été transportés là je ne sais comment — foraient les sols. Et, dans des lieux hautement civilisés, à des milliers de kilomètres de la Côte-Nord, quand l'irrémédiable effondrement des cours du fer s'était matérialisé en bourse, il avait fallu fermer les mines. Et la ville.

Hadrien a eu six mois, puis un an. Je me suis réinstallée un coin dans l'appartement avec Sonny. Hischam y dormait aussi plusieurs fois la semaine. Avec un paravent, il s'était organisé une sorte de chambre pour lui dans le salon. On regardait grandir le petit. On le regardait avoir toujours plus faim, puis marcher et parler. Hischam rêvait du jour où il retournerait à Tanger avec son fils dans les bras. Mais en vérité, il n'avait plus personne à qui montrer Hadrien là-bas. Et les pères de famille qu'il rencontrait aux Trois C n'étaient pas du tout passionnés par l'idée de sa paternité qui les refoulait dans la vieillesse, qui les métamorphosait en grands-pères obscènes.

Certains soirs, je sortais seule avec Sonny. Tout était lumineux sous les feux du gin tonic. La vie se déroulait comme dans les magazines. Sur le papier glacé, des jeunes gens prenaient des pauses bizarres, les torses se reflétaient à l'intérieur d'impeccables miroirs dans les clubs et Sonny me souriait.

Une nuit d'Halloween, on s'était ainsi arrêtées dans un cabaret où des drag-kings portant d'obscènes ceintures couleur chair et des moustaches chantaient des chansons de camionneurs, mais la foule trop compacte nous empêchait de bien voir. On avait ensuite tourné des heures sans but au hasard des rues de la ville. À minuit, des gens sortaient masqués ou maquillés, dissimulés sous de grosses perruques et habillés de vêtements bizarres. Les enfants dormaient depuis longtemps.

On avait roulé encore jusqu'à un très grand parc en périphérie de Montréal et j'avais garé la voiture juste à côté, dans un grand parking désert. Pour une raison que j'ignore, Sonny voulait m'habiller en soldat. Du coffre, elle avait sorti un lourd sac de toile qui contenait une tenue, du matériel militaire aussi, dont l'usage premier m'était inconnu. Puis, en reculant mon siège, elle avait attaché sur moi, à la hauteur des cuisses et de la taille, une série de sangles et de courroies. Le tout maintenait en place une pièce de cuir très épais sur laquelle avaient été fixées des attaches métalliques permettant d'arrimer solidement une indestructible pièce de caoutchouc. Le caoutchouc sentait les produits chimiques, le popper peut-être. Sur la courroie centrale du harnais, on distinguait encore un matricule, effacé par le temps. Sonny m'avait ensuite tendu un treillis, un t-shirt sombre et une veste kaki beaucoup trop grande pour moi. Et puis les bottes. Docilement, j'avais enfilé le tout. On avait beaucoup ri avec ce déguisement, seules, dans l'habitacle étroit de la voiture garée aux abords du parc ombreux. L'herbe rendait encore plus intense notre rire. Je prenais une grosse voix parfaitement ridicule. Sonny jouait des personnages invraisemblables.

Les paysages extérieurs qui me reviennent en tête sont des paysages de plastique. Des plaines de plastique, des rochers de plastique, des sapins et des chênes de plastique. Une émotion singulière montait de ces paysages. Des chiens avalaient les croquettes de couleur et le sac expliquait ces couleurs : vert pour les épinards, blanc pour les os et rouge orangé pour la viande et je croquais dans de grosses fraises artificielles et laissais fondre les bananes synthétiques sur ma langue rouge. La poudre à saveur de jus d'orange était plus savoureuse que les meilleures oranges de l'hostile nature. Tout s'emboîtait, tout trouvait son ordonnance miraculeuse. Quand nous étions rentrées cette nuit-là, le petit dormait dans son lit d'enfant, tandis qu'Hischam débordait du canapé.

Sur la Côte de Beaupré, juste au-dessus du bungalow où habitaient mes grands-parents, des guirlandes d'ampoules multicolores scintillaient en décembre. Les gens les installaient sur leur maison et dans les arbres. Certains plantaient dans la neige des cannes de Noël géantes blanches, vertes et rouges qu'ils allumaient le soir. L'épaisse neige accentuait la brillance des décorations électriques. En tournant le dos à la Côte, on pouvait voir le courant rapide des voitures, le flot des phares de toutes ces voitures et, encore plus loin, le courant fort du fleuve, plongé dans le noir la nuit jusqu'à l'île d'Orléans. À l'intérieur du boudoir, ma grand-mère installait ses petites maisons de plastique lumineuses sur un relief blanc qui reprenait le tracé de la Côte qu'on pouvait apercevoir de la fenêtre arrière.

Chez eux, le même paysage peint à l'huile, accroché au-dessus du canapé et faisant face aux téléviseurs successifs, avait traversé les décennies. Une femme s'y tenait debout au bord d'un lac minuscule, entourée d'une végétation compliquée, impossible ici. Un paysage ancien, très foncé. Un idéal de paysage mélancolique habité par une femme jeune, vêtue misérablement. Un paysage révolu, anéanti, si différent des territoires sauvages couverts d'épinettes, traversés de rivières à l'effroyable courant, dans lesquels mes grands-parents avaient grandi.

On s'était arrêtés chez eux un jour de mi-décembre, avec Sonny et Hadrien, qui avait déjà presque deux ans. Ma grand-mère lui avait donné du lait, des biscuits et elle nous avait parlé quelques minutes. Elle racontait les journées de mon grand-père aveugle et très malade :

— Il dort ici, il dort là, un peu partout dans la maison.

Et elle priait dans sa chaise berçante en regardant par la très grande fenêtre du boudoir, l'autoroute. Elle avait dit aussi :

— Tu sais, la maison des Ouimet, ils vont la débâtir pour agrandir le stationnement des magasins.

Puis elle était retournée à l'installation des guirlandes argentées et des guirlandes d'ampoules clignotantes à l'intérieur de sa petite maison.

Dans les clubs, les mêmes guirlandes scintillantes décoraient les pistes de danse et l'étalage des bouteilles.

Hadrien a eu trois ans, puis quatre. Je restais auprès de Sonny. Je ne la perdais pas des yeux, je marchais dans ses pas. À la dérobée, je suivais sa cadence. J'avais l'impression de me terrer aux côtés du destin, dans l'ombre, de manière à l'accompagner toujours.

Dehors la neige, le grésil surtout qui tombait, donnaient l'impression du sucre, de kilos de sucre répandus sur la ville. Le soleil était couché depuis longtemps déjà et je traversais la ville en tirant le petit dans une luge. La neige recouvrait tout et métamorphosait Montréal. Dans les rues enneigées, les voitures avançaient lentement. On voyait leurs phares briller au cœur de la tempête. La nuit, de vieilles déneigeuses surmontées de gyrophares jaunes retraçaient la trame symétrique des rues, remplissaient de neige de longs camions-remorques qui roulaient plusieurs dizaines kilomètres avant de se débarrasser de leur chargement.

Malgré le froid, le jour, les hommes sur les chantiers continuaient de travailler. À partir de Noël ils s'arrêteraient pour l'hiver. Hischam sortait maintenant avec un des ouvriers qui avait rasé le grand bâtiment de briques qui faisait l'angle juste à côté de notre appart. Il s'appelait Lyès et venait d'Algérie. Deux de ses frères vivaient dans l'immédiate périphérie de Toulon. Sonny connaissait l'endroit.

Puis, pour la première fois, Sonny a eu envie de retourner à Toulon. Hadrien venait de fêter ses cinq ans et elle voulait lui montrer là-bas. Hischam n'habitait plus avec nous, mais Lyès et lui avaient voulu nous accompagner.

De part et d'autre du boulevard étroit d'une proche banlieue toulonnaise, l'équipe municipale avait fait accrocher des guirlandes électriques avec des motifs stylisés de flocons. Les rideaux métalliques restaient descendus tout le jour sur des vitrines vides. Les frères de Lyès habitaient un studio au-dessus du seul commerce en opération du pâté de maisons, un kiosque à pizzas. Ils dormaient sur deux matelas en mousse posés par terre. Parce qu'aucune femme ne venait jamais ici je crois, les murs du studio restaient nus. Ils avaient joué avec Hadrien. Ils lui donnaient des choses. Ils lui avaient déniché un petit vélo. Ils allaient lui chercher des pizzas. Des jouets de plastique. Des bonbons. Ils lui trouvaient des émissions à regarder.

Hadrien suivait son idée. Il voulait voir les fontaines et que l'on roule de nuit en suivant le bord de mer. Il demandait des fraises et des bananes synthétiques. Il demandait des manèges. Sur les places, de petits camions de pompier colorés, des hélicoptères, des motos minuscules tournaient sur des musiques pour enfants. Un gitan vendait de la barbe à papa et Hadrien restait concentré sur son plaisir. Le sucre rose coulait sur ses petites mains. Lyès contemplait le pays de ses frères et s'émerveillait de tout. Alger ou Tanger étaient beaucoup moins loin d'ici que Montréal.

J'avais peine à faire coïncider la carte de la Méditerranée avec ma perception de l'orientation de la Côte ici. La rade de Toulon, le golfe de Saint-Tropez ensuite. À pied dans Toulon, Sonny embrassait les uns et les autres.

— Alors, c'est ton petit ?

Dans le village le plus proche, elle connaissait le propriétaire du camion-pizza. Des gens que je n'avais jamais vus lui faisaient la bise, le poissonnier l'avait même appelée Nine, comme il la surnommait quand elle était très jeune. Ici, on surnommait souvent ainsi les jeunes filles. Au supermarché, en nous regardant tous les cinq, pleine de curiosité, la caissière lui avait lancé un :

— Alors Sonny ? C'est ton petit ? Alors ? Tu es mariée ?

On traversait les rues piétonnes, Sonny ne parlait presque pas. Le soir, on rendait visite aux uns ou aux autres. Des aménagements exotiques occupaient le centre des ronds-points qui se succédaient dans la ville, puis dans les petites agglomérations.

Pour la durée du séjour, on nous avait prêté une villa tout à côté de Toulon. Une immense villa en construction sur le chemin de l'Éplac. On campait pour ainsi dire dans ce chantier. La construction était avancée, mais hormis un chemin de terre très boueux, le prolongement de la rue qui conduisait à la villa n'avait pas encore été asphalté. Dehors, la piscine était encore une grande excavation nue. Dans la villa il n'y avait rien, les propriétaires attendaient de finir les murs et les sols pour amener les meubles. Il fallait mettre des bottes de caoutchouc pour traverser le chemin de terre. À l'intérieur, l'électricité fonctionnait déjà cependant, un radiateur électrique et la cheminée nous réchauffaient dans le séjour et, avec les lampes de chantier, on s'était installé un éclairage étrange. De la propriété, on voyait les lumières de l'agglomération plus bas, puis la mer.

En prétextant les 38 ans que j'allais avoir, Sonny avait organisé une fête avec des gens que je ne connaissais pas et qu'elle-même n'avait plus vus depuis des années. Autour de Toulon, les gens se connaissaient de génération en génération. Ils se désignaient par leurs noms de famille parce que ces familles étaient un tout, une identité jetée dans le monde et qui devait tracer son chemin à la manière d'un individu dans les sociétés plus modernes. Nous aussi nous étions une famille. Mais dans notre famille ce n'était pas les ancêtres qui distribuaient les noms. Les filiations ne partaient pas d'eux. Notre famille s'était agencée à partir d'Hadrien. À partir de lui, des liens invisibles avaient commencé à nous attacher les uns aux autres. Nous ressemblions aussi peu à une famille que les flocons de neige stylisés des guirlandes de Noël accrochées en travers des rues de l'agglomération ressemblaient à de véritables flocons, et pourtant, quelque chose dans leurs lignes rappelait irrémédiablement le concept abstrait de flocon, son fondement à partir duquel, éternellement, chaque flocon serait différent des autres.

Pour la soirée, nous avions acheté à manger et à boire en quantité. Hischam avait même invité le charcutier. Le poissonnier était là aussi. Ça donnait une sorte de crèche par moment assez décalée à cause de nous, les santons venus d'un autre monde. Les gens se faisaient la bise. Venaient voir ce qu'était devenue Sonny. Les plus vieux poussaient par moment, au milieu d'une phrase, une expression provençale. Et, satisfaits, ils interrogeaient les autres :

— Vous savez ce que ça veut dire ?

Et personne n'était d'accord ni sur la prononciation ni sur le sens. Les traditions et la langue provençales étaient entretenues avec une fierté non dissimulée, de manière néanmoins vraiment approximative. Et je me demandais si le français du Québec deviendrait ça dans cent ans. Cette chose dont on est fière, mais que l'on ne sait plus du tout parler parce que l'anglais aurait fini par triompher, comme le français a fini par triompher du provençal.

Autour de Toulon, les agriculteurs se faisaient plus rares. Parmi les invités, il y avait un couple qui venait de vendre ses terres à McDo. Et puis, il y avait beaucoup de filles de Toulon aussi, et entre Sonny et elles, des retrouvailles pleines d'effusion m'avaient fait fuir avec Hischam sur la terrasse où on avait commencé à allumer le barbecue et où on avait surtout médit tous les deux, le verre à la main. Il disait :

— Il faut les comprendre, elles ne voient jamais personne.

Au loin, la masse sombre, c'était la mer. Plus près, les lumières tout en bas de la rue de l'Éplac délimitaient un paysage entièrement statique.

Dans ce qui deviendrait bientôt une chambre quand la villa serait terminée, on avait mis des jouets trouvés ici et là et une télé pour les enfants. Lyès jouait avec eux, il leur montrait la danse du ventre. Je voyais à travers la fenêtre Hadrien rire. Les parents venaient voir si tout se passait bien. Et puis, j'ai reconnu Marc, le garçon du Canebas, tenant deux petites filles par la main. Il s'est adressé à Lyès, a regardé un long moment Hadrien, avant de quitter la pièce en embrassant ses filles. Autour de la villa, c'était encore à peu près la colline, avec des arbousiers, des chênes-lièges, du romarin et une ligne électrique. L'excavatrice et des camions lourdement chargés avaient marqué les sols. Et de la terrasse, on voyait encore d'autres silhouettes monter pour la fête. Les gens laissaient leurs voitures plus bas, où la rue était asphaltée déjà.

Il y avait beaucoup de monde à présent dans la villa. De la terrasse, les larges baies vitrées la donnaient à voir éclairée par les lampes de chantier. Des invités ont apporté dehors les merguez à faire griller et les baguettes de supermarché. Certains jetaient leurs cigarettes dans le trou qui deviendrait bientôt une piscine.

À l'intérieur les gens s'organisaient. Des femmes faisaient réchauffer dans le micro-ondes de la purée pour les enfants, préparaient des assiettes de carton pour eux. Une cinquantaine de bouteilles étaient posées sur les comptoirs vierges de la cuisine. Sans cesse, des gens ouvraient les bouteilles, récupéraient des verres de plastique, les rinçaient à l'eau froide.

Autour de la musique aussi les gens s'affairaient. Les frères de Lyès dansaient avec des filles comme des assoiffés. Hischam, en me tendant un verre, m'avait glissé à l'oreille :

— Tu as vu que Mimi est là ?

Des gens faisaient maintenant passer dans la salle les merguez un peu carbonisées et le pain. Sonny présentait Hadrien à Marc. Et moi, au milieu de la foule dans le séjour de la villa, je n'étais pas certaine d'être tout à fait dans cette maison qui se construisait en haut de la colline, avec vue sur la mer, dans ce paysage d'oliviers et de palmiers-dattiers surtout, de mimosas, de larges cactus tous surmontés d'une fleur énorme et colorée. Il me semblait en vérité que le train qui nous avait conduit ma mère et moi vers le sud en 83, jusqu'à Alicante, peinait désormais à avancer, l'autocar qui nous menait jusqu'à Calpe n'avançait pas vraiment non plus. Dans la chaleur, le conducteur avait immobilisé le véhicule à côté d'une fontaine. Il avait passé sa chevelure sous l'eau et l'avait frottée avec un gros pain de savon.

J'avais marché jusqu'à la cuisine, la porte extérieure était restée ouverte. Quelqu'un avait renversé un plateau d'huîtres. Il faisait froid et une femme très pâle m'avait montré avec la main toute l'eau du plateau renversée par terre. Ça sentait la mer. Même le gin tonic sentait à présent la mer. Il fallait traverser la Manche, prendre le train, et descendre jusqu'à la mer. Je guettais les chiffres de nos places assises, en eux le destin laissait entrevoir son tracé. À la frontière, les militaires espagnols porteraient encore leur méchante tenue verte.

Dans le froid, je m'étais installée sur une chaise de la cuisine. Je l'avais ajustée face à la table. Je croquais le citron. Les gens disaient qu'il n'y avait plus du tout de poissons dans la mer ici. Personne ne pensait à ramasser l'eau des huîtres répandue sur le béton de la cuisine. Un morceau de pain trempait dans l'eau comme la semelle de mes baskets. J'avais trop bu déjà.

La femme très pâle m'a préparé du café avant de m'emmener dans une chambre. Là, elle m'a étendue sur un lit froid. Elle a rapproché le petit radiateur électrique.

— Ça va ?

Elle s'est avancée plus près encore de moi, dans une curieuse position. Je touchais son corps maigre. Puis elle a dit qu'elle me parlerait plus tard dans la nuit, quand j'irais mieux. J'ai dormi jusqu'à ce qu'Hischam vienne me chercher. Deux heures peut-être. Au réveil, il restait encore beaucoup de gens, mais la femme très pâle n'était plus là. Quelques enfants dormaient tête-bêche dans une des chambres, dont Hadrien. J'avais fait réchauffer le café au micro-ondes. Lyès s'entretenait avec Mimi, qui faisait l'importante parce qu'un homme lui parlait. Près de la musique, un groupe s'était assis autour d'une bouteille de rhum, il y avait beaucoup de gens que je voyais pour la première fois. Je reconnaissais Marc qui parlait à l'oreille de Sonny et une jeune femme que j'avais vue tout à l'heure avec lui, sa femme je crois. Je m'étais incrustée dans le cercle à côté d'elle qui ne quittait pas des yeux Sonny et Marc. J'avais mis du rhum dans mon café et je lui en avais proposé. Non, elle n'en voulait pas. Je lui avais demandé si elle connaissait Sonny. Oui. Elle avait l'air importunée par ma présence. Elle voulait entendre ce qu'ils se disaient. De mon côté, l'alcool encourageait l'insistance. Je voulais connaître son prénom. Je lui avais dit que c'était mon anniversaire, que j'habitais Montréal, je ne sais pas quoi encore, que je m'appelais Olga. Et là, le rapport s'était brusquement inversé et elle avait répondu :

— C'est drôle, moi aussi.

Avant de rajouter :

— Tu sais, avec Sonny, on allait au pensionnat ensemble, je ne l'ai pas vue depuis ce temps-là. Marc l'avait revue, mais pas moi.

Je n'avais pas oublié ce que m'avait raconté Sonny sur la fille du pensionnat qui avait été ramenée dans l'Isère après avoir avoué à la mère supérieure un amour dévorant pour Sonny. Son père, à bord d'une grosse voiture grise, était venu un après-midi retirer définitivement du pensionnat de Marseille sa fille, Olga.

La bouteille de rhum était presque vide. Il me semblait qu'avec cette autre Olga le train pouvait à nouveau rouler dans mon souvenir et continuer de descendre vers le sud. La grève allait s'arrêter, j'allais trouver un billet, arriver à temps à la gare. Les bagages à la main, on courait avec ma mère, on était encore loin du train qui s'éloignait déjà tout doucement du quai. On en prendrait un autre. Les gens fumaient, écrasaient leur cigarette sur le quai ou la jetait sur les voies.

Je ne sais plus ensuite comment les choses se sont déroulées. Olga m'a pris les mains, on a trouvé dans la villa une autre bouteille, elle a dit :

— C'est vrai, c'est ton anniversaire ?

Je fêtais mes 38 ans, l'âge que ma mère avait en 83 et l'âge d'Alain l'année de sa mort. Sonny dansait avec une grande femme dans le fond de la pièce, tandis que la lampe projetait deux ombres gigantesques contre les murs de béton. Les gens se faisaient plus rares et Marc avait disparu sans saluer personne.

Aux douanes, des hommes en armes avaient regardé nos passeports, ils avaient ouvert nos sacs. J'allais pouvoir traverser, nous allions arriver à Calpe. Le Peñon dominerait la longue plage et les complexes hôteliers en construction. Et j'irais dans la crique embrasser Nine, tandis qu'Olga me tenait les mains et s'approchait de moi, insistait, ce qui faisait rire Sonny qui dansait toujours à l'autre bout de la pièce.

Et puis dehors le jour s'est levé tout doucement et de la terrasse de la propriété, on a pu voir à nouveau clairement la mer, inexpressive.

Dans la villa, il n'y avait aucun rideau.

Pour leur chambre, Lyès et Hischam s'étaient installés un drap moche afin d'avoir plus d'intimité et moi avec Sonny, la veille, on s'était moqué d'eux et de leur intimité, parce que franchement, tout en haut de la rue de l'Éplac, il n'y avait pas de passants. La France sentait le gazole, la Côte était sillonnée de routes, mais ici, tout en haut, il n'y avait personne.

Au matin, la mère de Sonny était venue s'occuper des enfants et nous avions dormi tous en plein jour un peu partout dans la très grande villa. Elle leur avait préparé des tartines et du chocolat. Ils avaient beaucoup mangé, puis écouté la télé. Hadrien avait réveillé Sonny qui s'était rendormie contre lui sur le canapé.

Dehors, le chemin boueux était rempli de traces de pas. Et, juste au-dessus du chemin, sur la petite butte tout aussi boueuse que le chemin, quelqu'un avait tracé avec ses pieds un monstrueux 38.

À la tombée de notre dernière nuit dans le Var, les ânes avaient bramé longtemps.

Nous étions rentrés à Montréal et c'était encore l'hiver. Le gel descendait plus profondément dans les sols montréalais durant les pics de froid et des canalisations gelaient, puis éclataient partout sous la ville. Aux Trois C, l'eau ne coulait plus dans les urinoirs. À l'intérieur des maisons, les fils électriques menaçaient de mettre le feu dans les murs, tandis que les chaufferettes des commerces continuaient de pulser bruyamment de l'air chaud et sec. La puissance des chauffages maintenait des températures élevées dans les bâtiments.

À l'extérieur, quelques rares nuages restaient invraisemblablement bas dans le ciel bleu, très pâle.

À l'intérieur du jardin, j'avais fabriqué avec la neige un toboggan de glace pour Hadrien. On avait percé un passage secret aussi, juste à côté de l'arbre, un tunnel entièrement blanc. Souvent, Sam, le fils des voisins, passait la journée avec nous. Il venait avec nous dans le passage secret, préparait des boules de neige, s'élançait dans le toboggan. On rentrait affamés, couverts de neige, et les joues très rouges. Les garçons dévoraient tout ce qu'ils pouvaient, puis recommençaient à jouer dans l'appartement. Ils élaboraient avec des dizaines de figurines des scénarios hypnotiques, couraient, me demandaient une chose et une autre. Souvent Hadrien se trompait et m'appelait Maman. Ils sillonnaient le salon, ouvraient des passerelles, des chemins dérobés grâce auxquels ils pouvaient observer des dizaines de bêtes fantaisistes.

Quand Hischam et Lyès étaient là, le jeu devenait encore plus frénétique. Hischam leur installait le train électrique qui traversait le salon. Ils mettaient dans de grands plats de la neige et façonnaient des montagnes qu'escaladaient de petits personnages de plastique raides. Avec de la cassonade et l'eau de la neige, ils faisaient des mélanges. Des figurines étaient répandues partout dans l'appart, des dinosaures et des dragons, qui feignaient de manger les bonbons colorés éparpillés autour d'eux. Sonny mettait le chauffage très fort dans la maison et on crevait de chaud.

Lyès recommencerait les chantiers avec le printemps. De temps en temps, il remplaçait un copain gardien de nuit sur les vastes chantiers interrompus pour l'hiver où il lui fallait passer la nuit dans une roulotte de

construction sinistre et froide, à boire du thé en feuilletant le journal. Le poste de radio faisait une présence. Il
fallait mettre le son fort, parce que la génératrice était
bruyante. Au matin, quelqu'un venait, toujours le même,
relayer Lyès. Un garçon de la campagne. Il disait :

— C'est juste pour l'hiver. L'été, je vais trouver autre
chose.

Kevin venait d'un village du nord du Québec. Aussi
loin de Montréal que du Maghreb. Un endroit très dur,
très neuf et très morne où les camions restaient branchés
la nuit et où l'on gainait de fil électrique les tuyaux des
bungalows. La machinerie lourde d'un camp forestier
lui avait coûté une main trois ans plus tôt. À l'endroit
où la main avait été sectionnée, une peau tendue et très
lisse s'était recomposée. Kevin recouvrait parfois le
moignon d'une main de plastique couleur chair. À
Montréal, il ne connaissait personne à part le contre-
maître qu'il avait connu dans le bois.

Lyès avait voulu l'inviter un soir. Chez nous. Il lui
avait préparé une paella remplie de crustacés. J'étais
allée chercher le safran, les moules, les crevettes, les
calmars et surtout deux homards vivants qu'on avait
laissés s'agiter sur le sol de la cuisine après avoir coupé
l'élastique bleu qui fermait leurs pinces. Jean-Nicolas
était venu, il parlait à deux filles qu'Hischam avait ren-
contrées je ne sais plus où, des étudiantes. Sonny
accueillait Kevin, lui posait des questions.

Le petit Sam était chez nous pour la soirée. Hadrien et lui couraient, sautaient dans l'appartement et encourageaient Lyès à plonger les homards dans la casserole d'eau bouillante, ils voulaient voir, ils voulaient grimper sur Hischam pour pouvoir bien regarder les homards s'immobiliser définitivement dans l'eau bouillante en devenant rouges. Dans une toute petite cage, les étudiantes nous avaient amené une perruche blanche, qui n'aurait pas changé de couleur si on avait eu l'idée de la plonger dans la casserole.

Avec dégoût Kevin avait mangé la paella en gardant sa main de plastique. Les enfants voulaient toucher. La perruche voletait dans le salon. On baissait la tête, ça nous faisait rire.

— Avant mon accident, avait raconté Kevin, j'étais fiancé à une Portugaise. On était même allés passer un été au Portugal pour que je rencontre ses grands-parents. Ils vivaient en campagne dans un genre de maison que je n'avais jamais vu, une maison vraiment vieille, je ne savais pas que d'aussi vieilles maisons pouvaient tenir encore debout. Et pour s'y rendre, franchement, la route était encore plus surprenante pour moi. À l'aéroport, on avait loué une voiture. Sur les panneaux, il était écrit *destinho*, puis l'endroit. Rapidement, on avait abandonné l'autoroute pour de minuscules routes. Partout les hommes roulaient trop vite. Fatima disait : « Tout droit, tourne ici, tourne là. » Chez les grands-parents, des enfants montaient les chèvres. Le grand-père n'avait pas de dents, il élevait les pigeons voyageurs, leur mettait des bagues à la patte et remportait des trophées. Il me souriait beaucoup et m'a fait tellement boire et manger que je suis tombé sans connaissance. Au matin, j'ai remarqué qu'il n'y avait pas de vitre à la petite fenêtre haute de la chambre.

Kevin se demandait si ça avait fait pareil à Sonny venir ici, si ça lui avait paru bizarre les routes ici, les maisons, les gens, la température. Pour dire quelque chose, elle avait répondu qu'à l'époque elle voulait changer d'air, que c'était pour ça qu'elle était venue ici, pas pour la beauté des lieux, et surtout qu'elle était contente qu'Hadrien soit né ici plutôt qu'à Toulon.

La perruche blanche se posait sur les déchets de crustacés, les enfants essayaient de l'attraper. Elle picorait une pince de homard vide. Sonny voulait savoir pourquoi ils s'étaient séparés Fatima et lui. Et en demandant, elle avait mis sa main sur la prothèse couleur chair. Mais il n'avait pas vraiment répondu.

À l'autre bout de la pièce, les étudiantes racontaient maintenant leurs études à Jean-Nicolas qui écoutait avec beaucoup d'intérêt, leur posait des questions, leur servait à nouveau à boire, souriait finement. Je ne comprenais pas comment il pouvait s'intéresser aux études de ces filles. Et son intérêt stimulait leur parole, les filles nommaient des auteurs, prenaient un air entendu à propos de certains concepts, tout en cherchant son assentiment. Puis, la plus rousse des deux, c'est ainsi que je parvenais à les distinguer, avait dit qu'elle aimerait bien vivre à New York, elle l'avait prononcé à l'anglaise, ou à Londres. Et voyant que Jean-Nicolas n'enchaînait pas assez vite, elle avait rajouté :

— Je suis jeune, je suis à l'âge où on a le goût des grandes villes.

Alors que les gens irritaient si facilement Jean-Nicolas, la rousse ne paraissait pas l'agacer et, tandis que je réprimais un bâillement, il avait même demandé :

— Tu es née en quelle année ?

Elle était née en 83.

D'elle-même, la perruche avait regagné sa cage minuscule. Les petits s'étaient mis en pyjama et je les avais couchés à l'intérieur de la tente blanche et bleue montée dans la chambre d'Hadrien. Ils chuchotaient dans le noir. Plus tard dans la nuit, je les avais vu dormir l'un contre l'autre comme deux chatons.

Hischam et Lyès avaient allumé un pétard et la Playstation. Ils essayaient de trouver un passage secret dans la forêt, au-delà du plan d'eau. Lyès disait :

— Par là, quitte la grande piste, tu n'as jamais pris ce petit chemin-là, ça doit être par là !

Et là-dessus, du néant, surgissait un monstre ailé à trois têtes qu'ils ne parvenaient pas à pulvériser malgré une puissance de feu extraordinaire.

Ce soir-là, avec Sonny, on avait reconduit Kevin chez lui. La ville était glaciale. On avait roulé longtemps dans des rues vides. Kevin habitait un quartier que je ne connaissais pas, dans une rue dont j'entendais le nom pour la première fois. Tout était silencieux autour des petites maisons modernes ici. Sur le terrain avant des maisons, des abris pour les voitures avaient été montés pour l'hiver. Un vent fort soufflait contre les plastiques des abris. Kevin nous avait fait monter chez lui. Il nous avait installées dans une causeuse vraiment hideuse. Une lampe dorée éclairait faiblement la pièce. Avec sa seule main, il s'était déshabillé devant nous.

Au retour, j'avais pris le volant, Sonny, la tête recouverte par le capuchon de son manteau et une large écharpe, fermait les yeux contre moi. Les rues obstinément droites de Montréal devenaient sinueuses sous la neige abondante. L'espace extérieur de la ville paraissait avoir été abandonné, peut-être pour toujours. Le froid rendait la porte d'entrée difficile à ouvrir. Le silence régnait sur l'appartement. Hischam et Lyès s'étaient fait le lit dans le canapé ouvert, un tissu clair couvrait la cage de la perruche blanche et les petits chatons dormaient dans leur tente. De la fenêtre, les lignes électriques se confondaient avec les branches noires et nues des arbres qui paraissaient morts. Par endroits, l'asphalte de la rue avait éclaté. Le lampadaire, qui versait son invariable halo sur la rue, éclairait aussi l'intérieur de la chambre.

Au printemps, l'eau libre est revenue sur le fleuve. Lyès avait repris les chantiers. Depuis un an ou deux Hischam ne dansait plus que rarement aux Trois C, il y faisait un peu le barman et venait de prendre des parts dans l'endroit. Ce printemps-là, Sonny s'est mise à travailler, le soir surtout. Moi, après le travail, j'allais chercher Hadrien à l'école et j'étais souvent seule avec lui. Je lui faisais les repas. Pour la douche, la perruche blanche nous escortait dans la salle de bain. Elle chantait devant son reflet.

Je parlais au téléphone avec ma mère, je regardais la télé en caressant les cheveux doux du petit endormi dans mes bras. Je lisais des livres tristes jusqu'à une heure avancée. Je jouais à la Playstation. Je laissais voler la perruche blanche dans l'appart jusqu'à ce qu'elle rentre d'elle-même dans sa cage. Je faisais le calcul des années. Je comptabilisais les âges. Je scrutais la réalité à partir des nombres. Même si leur physionomie restait changeante, les nombres me paraissaient fiables encore. Leur réalité objective, leur propension réflexe à la symétrie me semblaient offrir au déroulement chaotique des jours et des mois, l'apparence du destin. Je gardais mon jeans et mon t-shirt pour dormir. Je dormais d'un œil, comme un chien de garde au bout d'une lourde chaîne. Une odeur forte venait de la niche.

Sonny rencontrait des gens avec son travail. Son accent se transformait peu à peu. Elle rentrait tard. Je l'entendais traverser l'appartement jusqu'à la chambre d'Hadrien. Sa chambre, toute petite, donnait de l'autre côté, sur la cour arrière, où la neige n'avait pas encore entièrement fondu. Parfois Sonny avait bu et venait se déshabiller contre moi en souriant. D'autres fois, je l'entendais se servir à boire, puis allumer la télé sur les séries sanglantes qui passaient tard dans la nuit.

Quelquefois, pour pouvoir sortir tard, je demandais à Hischam de venir passer la soirée avec son fils. Je sortais seule et je me retrouvais toujours près des rues qui conduisent à l'endroit où travaille Sonny, puis face à la spectaculaire vitrine de l'endroit, où une foule dense l'empêchait de toute façon de me voir. Près d'elle, j'étais bien. Les rangées de plantes vertes, les constantes silhouettes des passants, les guirlandes de lumières colorées qui se reflétaient encore dans les verres et les glaçons, les très nombreuses voitures garées de part et d'autres de la rue, en plus du flot continu de celles qui défilaient, avec leurs phares et leurs réflecteurs et leurs miroirs et leurs vitres scintillantes —, me dissimulaient. Et je restais là, dans la voiture, un moment, à proximité de Sonny, à suivre son mouvement entre les tables, à la regarder sourire au loin. Jusqu'à ce que je remette le moteur en marche et quitte les rues bondées du centre-ville pour rouler au hasard des quartiers excentrés, puis des banlieues. J'aimais garer la voiture à un endroit précis qui ne me rappelait rien et marcher.

Les températures restaient encore froides, il arrivait cependant qu'une journée et même une nuit anormalement chaudes fassent irruption durant mars ou avril. C'est durant une de ces nuits trop chaudes pour la saison que j'avais aperçu, près de l'autoroute, sur la rive sud du fleuve face à l'horizon lumineux de la ville, un vieux scooter garé près de l'eau. Quelques pas plus loin, un jeune homme seul pêchait. À ses pieds, dans un seau de plastique blanc carré pareil à ceux dans lesquels on transporte de gros blocs de feta, l'œil fixe, une dizaine de poissons gris expiraient. Que le fleuve contienne encore tous ces poissons me paraissait étonnant. Au loin, à main droite sur l'eau, le parc d'attraction était inerte, plongé dans le noir comme ici. Le jeune homme ne parlait ni français ni anglais. Il avait encore quelque chose de farouche. Mais de ne pas se comprendre du tout le faisait rire. Et j'avais ri moi aussi. Il essayait de m'expliquer d'où il venait peut-être. Les branchies des poissons continuaient de s'ouvrir et de se fermer désespérément au fond du seau. On était restés là un temps à ne pas se comprendre et à rire.

Puis, il m'avait fait signe de l'attendre tandis qu'il dissimulait son seau blanc, sa canne à pêche et son scooter derrière les conifères qui noircissaient plus loin l'espace entre l'autoroute et la rive. Il voulait me montrer quelque chose qui se trouvait vers là-bas, il faisait le geste. Il fallait emprunter un chemin de l'autre côté, où l'espace entre la rive et l'autoroute devenait beaucoup plus large. Ici, une forêt jeune et désordonnée avait repoussé depuis quelques décennies sur ce qui devait être, avant l'autoroute, des champs cultivés. Il faisait très sombre et l'homme me guidait en me tenant le bras. Avec la paume de sa main, il paraissait dire « Ne crains rien. » Le chemin était sinueux. On aurait dit qu'il avait été décalqué sur la route du Bau Rouge, sur le chemin tortueux du Bau Rouge que j'avais tant aimé dans le Var, celui que j'avais emprunté le soir où j'avais fait la connaissance de Sonny.

Au bout d'un long moment à marcher dans le noir, une lueur est apparue au loin. L'homme m'a fait signe de quitter le chemin et, à travers les milliers de fines tiges des plus jeunes arbres, en retrait du chemin, nous nous sommes avancés jusqu'à la clairière. Et nous avons attendu. C'était frappant pour moi, parce que le petit quai de la clairière ressemblait à celui du Canebas. La chaleur avait fait sortir les gens. On distinguait des voitures garées en désordre de l'autre côté. Puis des silhouettes dissimulées tantôt par les aspérités du sol, tantôt par la lisière de la forêt qui recommençait là-bas. Plusieurs hommes entouraient une femme à proximité de l'eau. À côté de moi, la respiration de mon guide était forte. Pour le reste, aucun bruit ne venait jusqu'à nous. Tout était silencieux et méthodique.

L'homme a pris ma main, l'a posée contre lui et nous sommes restés ainsi, l'un contre l'autre, cachés par l'ombre, jusqu'à ce que sa respiration s'apaise.

Alors, nous sommes repartis sur nos pas dans le chemin noir. Près de son scooter, les poissons ne bougeaient plus dans le seau blanc. Nous nous sommes souri et je suis remontée dans la voiture.

À mon retour, Sonny n'était pas encore rentrée.

Les jours suivants, il a fait de nouveau froid. Un vendredi matin, Sonny est partie très tôt et m'a téléphoné pour que je conduise en fin de journée Hadrien chez Sam. Il allait passer le week-end chez lui. Hadrien avait mis dans un sac à dos son âne gris, un petit mouton blanc et son pyjama préféré. Il avait voulu aussi emmener avec lui la perruche, et pour la transporter j'avais enveloppé sa cage dans une grosse couverture. Sonny m'avait donné l'adresse de Sam en disant :

— C'est juste derrière, sur Saint-André, à la hauteur de l'enseigne jaune et rouge qui éclaire le coin de la rue.

J'avais été stupéfaite de voir ce soir-là à quel point les petits avaient bien travaillé, à quel point leur obsession du passage secret et leur détermination d'enfant n'avaient pas été vaines ; par un hasard vraiment étonnant pour moi, la maison de Sam était la maison qui avait appartenu à Alain. Celle qu'il avait vendue comme tout le reste pour profiter des derniers mois qui lui restaient à vivre. Celle dans laquelle, un an plus tôt, avant que ce ne soit le tour d'Alain, Tom avait agonisé à l'étage. Celle dans laquelle il m'avait fait venir un soir d'hiver au tout début des années 90 pour me donner une vieille bague à lui, alors qu'il se préparait à sortir avec Steve et J-Pine.

Maintenant, c'était la maison de Sam. Son père l'avait achetée d'Alain quelques années avant de rencontrer la femme qui deviendrait la mère de ses enfants. Il se souvenait de l'ancien propriétaire, un Français de petite taille, très souriant, qui lui avait dit qu'il retournait en France.

Sam m'avait montré la petite chambre qu'il partageait avec son frère. Là où Alain m'avait donné la bague. Il avait dormi dans cette chambre vide durant quelques jours avant de partir pour la Nouvelle-Orléans. Aujourd'hui, elle était remplie de mille jouets. Des images colorées étaient accrochées un peu partout. Les parents avaient aussi peint plusieurs murs de couleur dans la maison. À l'étage, ils avaient leur chambre. L'escalier ne ressemblait pas à l'escalier pentu, très sombre malgré la minuterie, que je montais petite à Paris, pour obtenir sous les combles, de la main d'Alain, un bonbon. Durant les dernières semaines de son existence pourtant, Tom n'arrivait même plus à descendre ce petit escalier de bois de la rue Saint-André. Les parents de Sam m'avaient offert une bière et demandé si je connaissais

Sonny depuis longtemps. Ils trouvaient qu'Hadrien était très attaché à moi, ils me le disaient pour être gentils. Les petits avaient monté en trombe l'escalier. Étaient redescendus aussi vite en disant :

— Notre passage secret est là-haut !

Ce soir-là, j'avais marché en direction de l'ingrate rue Rachel, comme je l'avais fait avec Alain des années plus tôt, le blouson ouvert sur la nuit. Puis, j'avais traversé le parc et la rue Sherbrooke, cette rue d'une trentaine de kilomètres tracée sur l'ancienne limite de la mer de Champlain. D'ici, jadis, la mer se donnait à voir à perte de vue.

La température était désespérément froide, mais pour ceux qui venaient de traverser l'hiver montréalais, une fièvre, quelque chose d'envoûtant, venait quand même du fond de l'air. Les trottoirs étaient jonchés de petites pierres grises, comme si une pluie de gravier minuscule s'était abattue sur la ville. Les taxis conduisaient les gens jusqu'ici. Des voitures pleines tournaient dans les quadrilatères à la recherche d'une place. Depuis quelques jours, les restaurants étaient à nouveau bondés de gens bruyants. Avec Sonny on devait se retrouver chez Jean-Nicolas avant d'aller manger au resto. Il sortait avec la fille rousse maintenant, elle avait en partie emménagé avec lui dans l'appartement sous le pont.

Chez Jean-Nicolas, Hischam était déjà là. Il voulait savoir comment allait Hadrien. Ce qu'il faisait ce soir. S'il était grand à côté des autres à l'école. Sûrement. S'il parlait souvent de lui quand il n'était pas là. Entre deux gorgées de vin pétillant, il insistait pour dire qu'il passerait du temps la semaine prochaine avec son fils. Qu'il lui ferait du couscous. Qu'il lui installerait pour toute la semaine le train électrique. Qu'il l'emmènerait au cinéma.

L'appartement de Jean-Nicolas avait beaucoup changé, les pièces étaient maintenant entièrement meublées. Je ne sais pas si c'était les meubles qui absorbaient davantage les bruits ou la maison qui, en continuant de s'enfoncer dans les sols argileux, devenait insonore, mais la vibration du pont paraissait atténuée.

Lyès est arrivé avec Kevin au moins une heure après moi. Hischam feignait d'être absorbé par une conversation avec la rousse. Il avait recommencé à fumer.

Dans son verre, de grosses bulles remontaient rapidement à la surface. Il trouvait bizarre que le fleuve à cette hauteur soit si difficile d'accès. À part Hischam et moi, tout le monde avait faim. Ils ne parlaient que de manger. Sonny avait téléphoné pour dire qu'elle aurait du retard et qu'elle nous rejoindrait au restaurant. Les affamés avaient choisi le restaurant juste à côté des Trois C. On y préparait une cuisine à peu près japonaise dans des assiettes carrées, mais surtout, la décoration ultramoderne impressionnait. Les danseurs venaient manger souvent ici avec leur *sugar daddy*, dans de profondes banquettes ivoire. Des lumières turquoise étaient incrustées dans le plancher de béton. Des lumières outremers avaient été vissées dans de faux murs de manière ingénieuse. Et des poissons bleus et jaunes tournaient à l'intérieur d'aquariums spectaculaires. L'aquarium le plus grand était à l'entrée du minisalon privé où on nous avait installés. Je les regardais glisser dans l'eau. Le filtre rejetait des bulles d'air par milliers. Les gens mangeaient du poisson cru, du poisson frit et les petits poissons exotiques continuaient de tourner dans l'aquarium. La chair était taillée avec précision, des lamelles de poisson cru posées avec art sur de courts cigares de riz. Les cailloux blancs de l'aquarium rappelaient le riz des sushi. J'avais lu déjà dans le journal que certains restaurateurs montréalais s'approvisionnaient chez des revendeurs qui pêchaient directement dans le fleuve.

Est-ce que c'était vrai? De gros poissons mornes. Hischam disait que le fleuve n'était pas si pollué que ça. Et que même en face des raffineries des gens se baignaient l'été. Il disait que plus à l'est, on trouvait des dizaines de petits quais plus ou moins illégaux à partir desquels les gens montaient dans leurs embarcations vers les îles officiellement inhabitées du fleuve à cette hauteur. Je les connaissais. L'été, en circulant en barque entre ces nombreuses îles, on pouvait avoir vraiment l'impression de naviguer une centaine d'années plus tôt. Comme jadis, l'activité industrielle souillait brutalement l'endroit et un dépôt huileux et trop bleuté bordait les rives, mais la nature dominait encore le paysage. Et les cabanes misérables disparaissaient derrière les herbes hautes et les arbres.

Un très jeune danseur était venu saluer Hischam, il s'appelait Esteban. Le client qui l'accompagnait restait en retrait. Je ne pouvais pas dire son âge. Le mien peut-être. Il ne venait pas d'ici. À ses vêtements, on devinait qu'il vivait une tout autre vie ailleurs. Une vie heureuse sans doute, avec une femme, et deux enfants peut-être. Il avait l'embonpoint léger du confort. Mais ce soir-là, il était loin de chez lui et avait eu envie de sortir. Esteban portait des choses qui le rajeunissaient encore. Un survêtement très brillant avec la virgule. Une casquette d'adolescent. Il disait que les Trois C étaient noirs de monde. Qu'il avait jamais vu ça. Hischam voulait voir ça aussi et il essayait de convaincre Jean-Nicolas de venir avec lui. Juste un petit moment. Le temps d'une bière. Il insistait beaucoup, il disait :

— Allez, tu n'es jamais venu. Une bière et on revient ici. Juste une fois.

Il évitait le regard de Lyès.

Quand Sonny est arrivée, Jean-Nicolas et Hischam étaient aux Trois C. Esteban et son *sugar daddy* avaient pris leurs chaises, la rousse se rongeait les sangs et tous avaient recommandé des plats au centre de la table. Ils avaient recommandé à boire aussi. Sonny était très pâle, la veste qu'elle portait la faisait paraître amaigrie. Elle voulait nous proposer quelque chose. C'était étrange parce qu'on venait juste d'en parler, elle voulait qu'on aille passer la nuit sur une île du fleuve. J'étais déjà allée avec elle là-bas l'été. La petite maison appartenait à des amis à moi, ils mettaient les clés toujours au même endroit. Je les avais vus dans la semaine et ils m'avaient redit que je pouvais y aller quand je voulais. Même tôt dans la saison. Le poêle à bois fonctionnait et il y avait des bûches à peu près au sec dans la petite cabane à l'arrière.

— On n'a qu'à prendre leur zodiac dans le garage du quai, disait Sonny, les clés sont toujours cachées sur le côté.

Elle paraissait affamée. Et reprenait des couleurs à mesure qu'elle mangeait, buvait, nous exposait son plan.

Hischam et Jean-Nicolas étaient revenus dans le mini-salon durant l'exposé. Hischam trouvait la proposition de Sonny géniale. Ça ne lui faisait pas peur de faire la traversée de nuit. À ce temps de l'année, l'eau libre était revenue, mais il fallait faire attention quand même, le fleuve charriait encore toutes sortes de déchets, durant plusieurs semaines il transporterait le bois mort de l'apocalypse hivernale et surtout de larges morceaux de glace. Les poissons exotiques avaient continué de tourner dans l'aquarium. Et Esteban était reparti au bras de son *sugar daddy* dans la touffeur des Trois C. Avec les autres, on avait pris encore des cafés avant de se donner rendez-vous en face d'un petit quai, à l'est des raffineries.

Pour se rendre là, il faut emprunter une très longue rue qui longe des quartiers aux trottoirs dépeuplés, puis tourner à droite à un moment, jusqu'à Bellerive. Nous avions récupéré les clés sous une brique sur le côté du garage, au fond d'un sac de plastique maculé de boue. Sonny avait pris beaucoup de choses pour là-bas. Une puissante lampe de poche balayait la nuit. J'avais peur d'aller sur l'eau. On devinait le courant rapide. Le zodiac était assez grand pour qu'on y entre tous en un seul voyage. Sonny manœuvrait le bateau, Hischam braquait le faisceau de lumière sur l'eau noire. Pour rejoindre le labyrinthe des îles à partir de la rive de Montréal, il fallait traverser le courant fort d'un premier bras d'eau qui me donnait de l'épouvante. J'avais enfilé un gilet de sauvetage beaucoup trop grand par-dessus mon manteau. Sonny et Hischam se moquaient de moi. Ils plaisantaient tous. L'alcool que Jean-Nicolas et la rousse avaient ingéré les maintenait au-dessus de la peur.

Nous avions recouvert nos chaussures de sacs de plastique. De l'eau s'accumulait dans le fond du zodiac. Des plaques de glace et des branches glissaient rapidement à la surface du fleuve. Le moteur luttait contre le courant. On avait traversé à basse vitesse le bras d'eau jusqu'au labyrinthe. Tout était noir excepté la glace qui bordait encore les rives et la neige qui restait encore par endroits sur les îles. Absente des petites plages, la neige brillait faiblement sous les arbres dénudés.

Nous avions accosté un quai de bois sur lequel des pneus avaient été cloués. À l'intérieur de la maisonnette, sans s'adresser la parole, Kevin et Hischam s'étaient activés à faire le feu. Depuis des mois, personne n'était plus venu ici. Les couleuvres dormaient par centaines les unes sur les autres au fond des hibernacles. À l'été, elles envahiraient de nouveau les fourrés. Lyès regardait tout, inspectait tout de la maison minuscule sans eau et sans électricité. Le rhum servait aussi de désinfectant pour les petits verres qu'avait sortis Jean-Nicolas. Nous nous étions assis tant bien que mal en rond autour d'une minuscule table de salon hideuse en traînant toutes les chaises de la maisonnette dans le cercle. Le feu dans la cheminée nous éclairait. Et j'avais raconté *L'île aux trente cercueils* qui traînait là, sur la table, dans une édition jaunie. Ils me posaient des questions. Sonny l'avait déjà lu et elle m'aidait à me souvenir: Quatre femmes en croix, trente cercueils, la Pierre Dieu qui donne mort ou vie. Et peu à peu, toute cette histoire nauséeuse qui m'avait tant épouvantée en 83 à Calpe a viré à la farce d'ivrogne. J'ai oublié un peu la suite des enchaînements. Lyès a allumé une lampe à pétrole. Puis, il s'est mis sur le cas d'un poste de radio dont il fallait changer les piles. Nous parlions d'une chose et d'une autre. Il ne faisait pas froid avec le rhum. À un moment, Sonny m'a demandé de la suivre dehors. Elle riait dans la nuit noire.

— Tu te souviens de la ferme sinistre en Ariège ? Ici, au moins, il y a pas d'élevage, il y a même plus de poissons dans l'eau.

L'île était plane. Fin mars, elle se maintenait à peine au-dessus du fleuve. Rien à voir avec les côtes escarpées de Sarek. D'ici, d'autres îles cachaient Montréal. Mais pas son ciel auquel la ville donnait une intensité lumineuse surnaturelle. La terre était boueuse, les arbres, encore nus. Personne ne venait ici en cette saison. De petites vagues mouillaient les plaques de glace qui restaient accrochées aux rives interdites à la baignade depuis cinquante ans. Le rhum modifiait l'aspect du paysage. De la maisonnette, une musique avait commencé à se faire entendre. Une musique lente. Sonny m'avait entraînée à l'écart, derrière les conifères. Elle portait à l'épaule le gros sac de toile qu'elle avait sorti déjà durant la nuit d'Halloween. Elle en avait extrait deux couvertures de laine et l'attirail militaire qu'elle avait installé sangle après sangle sur mon jeans. Puis elle s'était avancée vers moi, contre moi, dans la nuit maintenant musicale de l'île et, à proximité des conifères, on avait dansé d'un pas étrange. La progression obscène de nos silhouettes suivait, il me semble, le mouvement des deux femmes que j'avais vu s'embrasser dans la chambre d'hôtel de Canterbury. Tout était dévasté par la guerre, tout brûlait, la famine menaçait les quelques survivants de la vallée et deux femmes couvertes de vareuses militaires tachées et trop grandes s'étaient avancées l'une vers l'autre. Nos pieds marquaient la boue. Sonny puait l'alcool.

À peine plus loin sur le fleuve, une île beaucoup plus grande accueillait La Ronde. Elle était en partie artificielle. Des manèges de plusieurs dizaines de mètres occupaient le site. Année après année, la rouille progressait. La structure métallique des montagnes russes ressemblait étrangement à la structure métallique du pont Jacques-Cartier qui traversait l'espace juste à côté. Des voiturettes munies de sangles suivaient un circuit, accéléraient. Leur progression demeurait symétrique. Le même circuit revenait toujours, de façon identique, et nos pas dans la nuit s'emboîtaient dans les pas des deux femmes que j'avais vues en 83.

À un moment, le claquement de la mince porte de la maisonnette a interrompu le mouvement. Hischam nous cherchait, nous appelait dans le noir. Sonny s'est avancé vers lui, tandis que je remettais ma veste sur le harnais, Hischam pleurait très fort :

— Lyès est en train de me quitter pour le manchot.

Nous sommes restés tous les trois dehors un moment encore. Puis l'aube a paru. Sonny trouvait les mots pour Hischam.

À l'intérieur de la maison, les autres avaient laissé la lampe à pétrole allumée, mais les portes des deux petites chambres étaient fermées. Nous avons ouvert le vieux canapé-lit de la pièce principale en buvant un dernier verre. La lumière du jour mettait cruellement à nue la laideur de l'endroit. Sonny s'est endormie aussitôt, Hischam, lui, ne trouvait pas le sommeil. Il sanglotait contre moi sous les couvertures synthétiques.

Trois heures plus tard, la ligne musicale de Space Invaders m'a réveillée. Assis à la table, Hischam agitait les touches de son portable pour contrer l'invasion, tandis que le rythme de la musique s'accélérait.

J'ai passé ma main dans ses cheveux, il a levé la tête un instant, ses yeux étaient très gonflés. Sur le petit réchaud à gaz, dans une casserole d'aluminium, j'ai mis l'eau de la bouteille de plastique à bouillir pour le café.

Les autres dormaient encore quand nous sommes sortis préparer le zodiac. Le fleuve avait un tout autre aspect que la nuit. Une glace fine et très blanche flottait encore près du bord. Plus loin, l'eau était vraiment bleue et le courant avait chassé la glace immaculée qui dérivait par plaques.

Dans l'estuaire, à quelques centaines de kilomètres d'ici, une zone hypoxique commençait. Elle faisait plus de mille kilomètres carrés. Ma mère avait grandi en bordure de cette zone.

Nous sommes rentrés tous à Montréal durant l'après-midi. Après la traversée en zodiac, Hischam est monté avec Sonny et moi dans la même voiture. Sur une camionnette piquée de rouille que l'on suivait le long des raffineries, un autocollant en forme de poisson nous a fait sourire, il disait *Dieu est notre sauveur*. Bientôt, les oies blanches reviendraient, elles survoleraient Montréal.

Hischam a voulu aller chercher Hadrien chez Sam. Il avait envie de faire les courses avec lui pour le soir. Il avait invité deux ou trois copains à venir manger chez nous, dont Esteban. Avec Sonny, on avait réinstallé la chambre d'Hischam dans le salon en lui replaçant le paravent et tout.

Il voulait des gens autour de lui. Il avait préparé des entrées, des salades, fait braiser du fenouil et je ne sais plus quoi. Il voulait s'occuper de tout et avait fait chauffer le barbecue du voisin pour y faire griller des sardines. Des gens étaient arrivés. Hischam se concentrait sur le repas. Il tenait à mettre la table, ne voulait pas d'aide. Seul Hadrien était autorisé à l'aider près du barbecue.

J'avais aussi invité ma mère à manger avec nous. Je ne sais pas si c'était le vin ou la fièvre qui s'abattait sur moi comme sur tous ceux qui avaient traversé l'hiver, mais j'étais émue jusqu'aux larmes que ma mère soit là avec nous, ce soir en particulier. Elle revenait de passer la semaine chez mes grands-parents et me disait à voix basse la maigreur que mon grand-père avait atteint. Sa maigreur accentuait encore davantage son profil aviaire, elle le faisait ressembler au coupe-papier à tête d'oiseau posé chez eux sur une étagère. Le bec surmontant la lame était muni d'un ressort qui en faisait une pince pour le papier, tandis que le fourreau de la lame avait été façonné dans le corps en bois du volatile. On pouvait y accrocher des stylos.

Trois filles que Sonny connaissait de je ne sais où étaient arrivées. Et Hadrien avait demandé de téléphoner à Sam et à sa famille pour qu'ils passent aussi. Les gens avaient faim et soif. Hischam mettait tout sur la table pour qu'on se serve. Le petit voulait savoir pourquoi on ne pouvait pas manger l'œil du poisson. Avec sa voix haute et forte, il exigeait une réponse. L'œil fixe des poissons cuits avait toujours intimidé Sonny et l'ardente question d'Hadrien la faisait rire.

Entre les murs de l'appartement, la perruche blanche voletait, elle dessinait des formes abstraites. Sonny avait fixé plus tôt un os de sèche à la cage de la perruche, qui venait y frotter son bec. Elle avait aussi acheté de petites bagues de couleur pour l'oiseau. Les filles qu'elle connaissait n'arrêtaient pas de lui raconter des choses à propos de gens dont je n'avais jamais entendu parler. Esteban souriait beaucoup. Il faisait déborder son verre de blanc avec des glaçons et se chargeait de remplir l'assiette du garçon timide qui l'accompagnait. Les quantités étaient disproportionnées. Hischam avait préparé des montagnes de nourriture. Ma mère aidait Hadrien à manger. Les filles se servaient et se resservaient. Hischam touchait à peine à son assiette. Mais il avait l'air content de notre appétit. Il sortait fumer et revenait avec de nouvelles bouteilles à la main.

Durant un temps, Sonny s'est installée sur la table basse avec Hadrien pour lui montrer comment baguer une perruche. Une des trois filles s'était alors dépêchée de venir s'agenouiller avec eux pour minauder. Elle parlait en bébé à Hadrien et envoyait des œillades à Sonny. Les deux autres péroraient à table devant le garçon timide et ma mère. Esteban était venu me tendre un verre de blanc rempli de glaçons, en me glissant à l'oreille :

— Je t'ai aperçue marcher l'autre nuit avec quelqu'un sur la rive sud.

Puis il avait entrechoqué son verre sur le mien. Et en désignant du regard le garçon timide, il avait ajouté tout bas avant de repartir vers lui :

— Je l'ai rencontré dans la clairière le soir où je t'ai vue là-bas.

À l'intérieur de nos assiettes, il ne restait plus que l'arrête des sardines qui reliait la queue à la tête triangulaire au milieu de laquelle l'œil des poissons continuait obstinément de briller, jusqu'à ce qu'au bout d'un moment, Hischam les ramasse et sorte des loukoums et du vin doux. Durant sa nuit blanche passée sur la petite île, il avait pris la décision de retourner à Tanger et il racontait maintenant les quelques souvenirs qu'il lui restait de là-bas. Un jour, un ami de sa mère l'avait emmené au large sur un grand bateau. C'était très vague dans sa tête. Sur le bateau, des hommes sortaient de l'eau des quantités incroyables de sèches. Ils leur ôtaient l'os, les viscères, la poche d'encre et les envoyaient dans la cale remplie de lourds blocs de glace. Puis, à l'intérieur de deux grands contenants de plastique, d'autres hommes répartissaient l'encre et les viscères d'un côté, les os de l'autre.

Esteban mettait dans la bouche du garçon dont je n'avais pas entendu le nom des loukoums à la rose. Hischam parlait dans le vide. Les gens discutaient entre eux et lui reparlait d'emmener son fils au Maroc :

— Hadrien aimerait beaucoup ce pays. Il faut qu'il voie Tanger. C'est vraiment beau là-bas.

Des jouets à la main, les enfants couraient d'une pièce à l'autre. La perruche les suivait et je m'étais allongée un moment derrière le paravent d'Hischam, épuisée.

Dans le demi-sommeil, des perruches, puis des pigeons voletaient à l'intérieur de mes pensées. Sinon qu'ils possédaient la prodigieuse faculté de revenir à leur pigeonnier malgré la distance et qu'une bague à la patte permettait de les identifier, je ne connaissais pas grand-chose aux pigeons voyageurs. Des séries de chiffres étaient gravés sur leurs bagues matricule. Les pigeons voyageurs survolaient humblement de grands territoires sans que l'on comprenne leur manière de s'orienter. Ils pouvaient parcourir plusieurs centaines de kilomètres en une journée. J'avais pour ma part traversé les années avec l'équivalent d'une bague à numéro attachée à la cheville, à présent ça me semblait évident.

À mesure que le sommeil venait sur moi, je ne distinguais plus bien les mots dans les phrases. Esteban racontait maintenant quelque chose d'incompréhensible et tout le monde riait, même Hischam. J'entendais avec plaisir la voix de Sonny renchérir. Leurs rires revenaient comme les rouleaux reviennent sur les baigneurs durant les canicules. À distance du rivage, posées sur l'eau, des mouettes bruyantes paraissaient ne pas remarquer l'agitation de la mer. Un rêve me montrait de près leurs bagues indéchiffrables.

Autres romans chez Héliotrope

Achevé d'imprimer par l'imprimerie Gauvin
le vingtième jour du mois de juillet 2009.

 Sources Mixtes
Groupe de produits issu de forêts bien
gérées et d'autres sources contrôlées.
www.fsc.org   Cert no. SGS-COC-2624
© 1996 Forest Stewardship Council